멍청이의 포트폴리오

SUCKER'S PORTFOLIO

SUCKER'S PORTFOLIO
by Kurt Vonnegut

이 도서의 국립중앙도서관 출판예정도서목록(CIP)은
서지정보유통지원시스템 홈페이지(http://seoji.nl.go.kr)와
국가자료공동목록시스템(http://www.nl.go.kr/kolisnet)에서 이용하실 수 있습니다.
(CIP제어번호: CIP2017006534)

SUCKER'S PORTFOLIO

멍청이의 포트폴리오

KURT VONNEGUT

커트 보니것 소설 | 이영욱 옮김

문학동네

일러두기

1. 옮긴이주는 *로, 원서 편집자의 메모는 •로 표시했다.
2. 본문 중 고딕체는 원서에서 이탤릭체로 강조한 부분이다.

차례

Episode #1

'소심한'과 '멀리 떨어진 곳' 사이에서*

* 영영사전에서 단어 time(시간)은 timid(소심한)와 Timbuktu(멀리 떨어진 곳) 사이에 위치한다. 「'소심한'과 '멀리 떨어진 곳' 사이에서*Between Timid and Timbuktu*」는 보니것의 장편 『타이탄의 미녀』에서 주인공 베아트리스가 쓴 시집 제목이기도 하다. Timbuktu는 서아프리카 말리 공화국에 있는 도시 이름으로, '멀리 떨어진 곳'이라는 의미로도 쓰인다.

I

이 주 전 교통사고로 아내를 잃은 한 젊은 화가가 조용한 집안에 마련된 개인 화실의 활짝 열린 프랑스풍 유리문 앞에 서 있었다. 마치 누군가에게 한 방 날릴 듯한 태세로 다리를 떠억 벌린 채, 눈앞에 펼쳐진 평화로운 광경과는 대조적이게 불만 가득한 표정으로. 단풍나무에서 떨어진 밝은색 잎들로 얼룩덜룩해진 녹색 경사로는 그가 봄에 쌓아올린 둑 너머 물이 그득한 연못으로 가늘게 이어졌다. 몸은 구부정하지만 눈동자는 반짝거리는 이웃집 늙은 농부가 연못 쪽으로 삐죽 튀어나온 나무다리의 양끝을 천천히 오가며 붉은색과 흰색이 뒤섞인 농어 미끼를 물에 던지고, 던지고, 또 던졌다.

젊은 화가의 이름은 데이비드 한든. 손에 조그만 사전을 쥔 채 가을 늦더위 햇살의 연약한 온기 속에서 소심한timid과 멀리 떨어진 곳Timbuktu 사이에 자리잡은 단어의 정의를 읽고 또 읽었다. '지속적이거나 연속적인 실존에 관한 일반 개념, 관계, 혹은 사실'.

데이비드는 초조하게, 기다란 손가락으로 사전을 탁 덮었다. 그가 찾아본 단어는 시간time이었다. 그는 시간을 이해하고, 시간에 저항하고, 시간을 물리치고 싶어서 몸살이 날 지경이었다. 앞으로 나아가기 위해서가 아니라 뒤로 돌아가기 위해. 아내 저넷과 함께했던 순간으로, 시간이 휩쓸어가버린 그 순간으로 되돌아가기 위해.

늙은 농부의 낚싯대 얼레가 반가운 소리를 냈다. 데이비드가 고개를 들어 보니 밝은색 미끼가 물을 찰싹 때리고 물속으로 가라앉았다가 다시 나무다리 쪽으로 끌려오기 시작했다. 이제 미끼는 캐스팅 로드 끝에 매달린 채 공중에서 물방울을 뚝뚝 떨어뜨렸다. 그것이 만들어낸 마지막 파문이 연못 가장자리에서 소멸했다. 순간적으로 사그라진 또하나의 과거. 간다, 간다, 가버렸다. 시간이.

데이비드의 눈이 둥그레졌다. 시간에 사로잡히는 것은 거의 미친 짓이고 허우적대는 꼴이며 비극에 대한 반응일 뿐이라는 사실을 알았다. 그러나 고요한 이 순간, 행복했던 시절로 돌아가고 싶다는 소망에는 그럴 만한 이유가 충분하다고 확신했다. 언젠가 과학자 친구 하나가 위스키를 몇 잔 걸치더니, 우리 머릿속으로 상상할 수 있는 모든 기술적 진보들이 과학자들에 의해 현실이 되는 날이 올 거라고 과감히 선언한 적이 있었다. 다른 행성으로 여행가는 인간의 모습도 상상 가능한 일이었다. 그렇게 될 테지. 기계가 인간보다 더 똑똑해지는 것도 상상 가능하다, 그렇게 될 테지. 데이비드가 저넷에게 돌아가는 것도 상상 가능하다. 그는 지그시 눈을 감았다. 그가 다시는 아내를 만나지 못하리라는 것은 상상 불가능하다……

그는 농부가 다시 낚싯대를 휘둘러 던지는 모습을 보았다. 나무다리가 흔들렸다. "끝에서 물러서요." 데이비드가 소리쳤다. 점점 갈라지는 초록색 다리 기둥 두 개를 고칠 생각을 전부터 하고 있었다. 늙은 농부는 들은 기색이 없었지만 데이비드는 그걸 걱정할 기분이 아니었다. 될 대로 되라지, 어차피 다리가 무너지지는 않을 테니까. 그는 다시 자기만의 생각에 잠겨들었다.

그는 개인 화실 안에 있는 소파에 누워 기다란 몸을 쭉 펴고 사전이 바닥에 떨어져도 놔둔 채, 다른 세계에서 온 방문객에 대한 공상에 빠졌다. 인간보다 훨씬 현명하고 인간의 오감보다 더 많은 감각을 지닌 존재, 그에게 시간에 대해 말해줄 수 있는 존재를 상상했다. 외계에서 온 방문객을 떠올린 이유는 시간이란 놈이 인간의 이성으로 이해할 수 있는 한계를 상당히 벗어난 것으로 보였기 때문이다. 비행접시를 탄 외계인처럼, 시간을 잽싸게 통과해서 상상력이 이끄는 곳이라면 어디든 갈 수 있는 생명체가 있을 것이다. 그들은 지구인을 보고 비웃을 것이다. 인간에게 시간이란 막다른 골목이 눈에 보이는 일방통행로이니까.

만약 시간여행이 가능하다면 어디로 갈까? 데이비드는 일어나 앉아 두 손으로 짧고 검은 머리카락을 빗질하듯 훑었다. "저넷에게 돌아갈 거야." 그가 큰 소리로 말했다. 5월 어느 날 오후의 광경과 소리, 냄새와 감각으로 돌아갈 것이다. 하지만 시간은 소중한 그 이미지를 흐릿하게 만들고, 납작하게 눌러놓고, 차갑게 식혀놓았다. 그날 오후가 활기차고 행복하고 완벽했다는 것은 기억해낼 수 있었지만 더이상 그 모습을 또렷하게 떠올릴 수는 없었다……

희미하게, 그래서 가슴이 미어질 듯 고통스럽게, 그날 그랬던 것처럼 자신과 함께 활짝 웃는 아름다운 저넷의 모습을 떠올릴 수 있었다. 완벽한 순간이라고? 그날과 똑같이 사랑스러운 순간들은 무수히 많았다. 결혼한 지 이 주가 되던 날, 그들은 이 집에 왔고…… 환호성을 지르며 방마다 들어가 여기저기 살피고 창문틀 너머 펼쳐진 평온한 녹음을 향해 소리를 질렀고…… 돌로 만든 둑 위에 걸터앉아 연못에 이는 물마루에 맨발을 담그고 빙빙 돌리다가 키스를 했고…… 새 잔디가 돋아난 비탈에 드러누웠고…… 저넷, 저넷, 저넷……

아름다운 이미지가 비명소리에 맞아 산산이 부서졌다. "살려줘요! 살려줘!"

데이비드는 벌떡 일어났다. 나무다리 끝의 기둥 두 개가 옆으로 널찍이 벌어져 있었다. 판자의 가장자리가 마치 활짝 열린 교수대 발판처럼 두 기둥 사이에서 대롱거렸다. 늙은 농부가 사라졌다. 수면 위는 잠잠했다.

데이비드는 옷을 벗어던지며 비탈을 달려내려가 찌르듯이 차가운 물속으로 첨벙 뛰어들었다. 부서진 다리 아래 깊은 곳에 다다르자 팔에 힘이 빠졌다. 그의 앞에 어렴풋하게 농부의 모습이 나타났다. 몸을 둥글게 구부린 채, 조류를 따라 부드럽게 흔들리는 것 외에 농부는 꼼짝도 하지 않았다. 데이비드는 급히 수면 위로 떠올라 공기를 들이마신 뒤 다시 아래로 내려갔다. 그는 노인의 작업복 멜빵을 잡고 아무런 저항도 없는 몸뚱이를 끌어당겼다. 몸부림도, 할퀴도, 필사적인 움켜쥠도 없었다.

데이비드는 노인을 경사로 위로 끌어올렸다. 늙은 농부의 허파에서 죽음을 쥐어짜내려고 얼마나 오랫동안 안간힘을 썼는지 알 수 없었다. 가슴, 위로, 압박, 쉬고…… 가슴, 위로, 압박, 쉬고…… 그가 길 가던 꼬마에게 의사를 불러달라고 소리를 지른 뒤 얼마나 시간이 흘렀을까? 가슴, 위로…… 입이 벌어진 창백한 얼굴에는 생명의 흔적이라곤 없었다. 팔과 어깨에 통증이 느껴졌다. 더이상 주먹이 쥐어지지 않았다. 또다시 시간이 이겼다. 또 한 명의 인간을, 그를 사랑하는 사람들로부터 훔쳐가버렸다. 데이비드는 문득 자신이 내내 화를 내며 커다란 목소리로 떠들어대고 있었다는 사실을 깨달았다. 그건 한 생명을 구하는 사람의 진지한 걱정이 아니라 싸움꾼의 분노에서 나온 행동이었다. 그는 자신의 손 아래 누워 있는 남자에게 아무런 감정도 느낄 수 없었다. 두 사람 모두를 괴롭히는, 시간이라는 놈에 대한 증오만 느껴질 뿐이었다.

저 위쪽에서 타이어가 휘익 소리를 내며 자갈이 두껍게 깔린 진입로를 지나갔다. 땅딸막한 남자가 검은 가방을 휘두르며 종종걸음으로 경사로를 내려왔다. 데이비드는 지친 듯 고개를 끄덕였다. 그 마을에서 유일한 의사인 중년의 닥터 보일도 고개를 끄덕이며 애써 숨을 골랐다.

"숨은 붙어 있나?" 닥터 보일이 숨을 몰아쉬며 물었다. 그는 가방을 열어 긴 주삿바늘이 달린 주사기를 꺼내들고 햇살에 비추어 보았다. 그러고는 바늘 끝에 작은 물방울이 맺힐 때까지 밀대를 밀어올렸다.

"죽었어요, 선생님. 완전히 갔다고요." 데이비드가 말했다. "삼십 분 전까지는 저녁식사로 농어를 먹겠다고 생각했을 텐데. 이제는 가버렸어요. 겨우 삼십 분인데, 모든 게 사라졌어요. 그만 남겨놓고 떠나버렸다고요."

닥터 보일은 살짝 당황한 듯 그를 바라보다가 어깨를 으쓱했다. "이런 쓸모없는 늙은이들을 끝장내는 게 얼마나 힘든지 알면 놀랄 걸세." 그가 신이라도 난 듯 말했다. 그러고는 데이비드와 함께 농부의 몸을 뒤집었다. 닥터 보일은 사무적인 태도로 물에 빠진 농부의 심장에 기다란 주삿바늘을 꽂았다. "경련이 일어나면, 언제 그랬냐는 듯 새것처럼 다시 살아날 거야." 그는 농부의 몸을 굴려서 다시 엎드리게 했다. "이제 좀 쉬었겠지. 다시 시작하게나, 젊은이."

닥터 보일이 팔다리를 주무르고 데이비드가 인공호흡을 하는 동안 밀랍처럼 창백한 농부의 뺨에 희미하게 분홍빛이 감돌기 시작했다. 노인은 헐떡이다가 숨을 한 번 몰아쉬더니 다시 숨을 쉬기 시작했다.

"죽은 자의 귀환이군." 데이비드가 신기하다는 듯 중얼거렸다.

"자네가 극적으로 표현하고 싶다면야, 우리가 그를 죽음에서 다시 데리고 나왔다고 할 수 있겠지." 닥터 보일은 물에 빠진 농부의 얼굴에 시선을 고정한 채 담배에 불을 붙였다.

"우리가 한 게 맞나요, 아닌가요?"

"그건 용어를 어떻게 정의하느냐에 달렸지." 닥터 보일이 말했다. 그는 이런 이야기가 지루한 게 분명했다. "익사한 사람, 감전사한 사람, 질식사한 사람. 그들은 대개 건강한 사람들이야. 건강한 허파, 튼튼한 심장과 신장, 간, 모든 것이 1등급이란 말일세. 죽으면 그뿐이야. 만약 이렇게 재빠르게 상황을 파악할 수 있다면, 가끔 뭔가를 해낼 수도 있을 거야.” 그는 농부에게 주사 한 대를 더 놓았다. 이번에는 팔이었다. “그래, 죽음에서 돌아와 낚시를 몇 년 더 즐길 수 있겠지.”

“죽는다는 건 어떤 걸까요?” 데이비드가 말했다. “그가 말해줄 수도 있겠네요.”

“너무 구닥다리처럼 굴지 말게.” 닥터 보일이 무심히 말했다. 그는 얼굴을 찌푸렸다. “자네 같은 젊은이가 왜 죽음을 곱씹고 있는 건가? 앞으로 족히 육십 년은 더 살 텐데.” 그는 갑자기 얼굴을 붉히며 데이비드의 어깨에 손을 올렸다. “미안하네. 내가 깜박했군.”

“그가 어떤 이야기를 들려줄까요?” 데이비드는 의사의 실언에도 개의치 않고 계속 물었다.

닥터 보일이 호기심 어린 표정으로 그를 살펴보았다. “죽는다는 게 어떤 거냐고? 한마디로 죽음이지. 그뿐이야.” 그는 늙은이의 다시 뛰기 시작한 심장에 청진기를 갖다 댔다. “우리 친구는 무슨 말을 할까?” 그는 고개를 가로저었다. “늘 듣던 말을 하겠지. 신문에서 수백 번 읽은 바로 그 이야기 말일세. 죽음에서 돌아온 자들은 아무것도 기억하지 못해. 대부분의 사람들은 그냥 흥미를 끌기 위해 판에 박힌 내용을 늘어놓을 뿐이지.” 그러더니 뭔가 떠올랐다는 듯 손가락으로 딱 소리를 냈다. “엄청 터무니없는 내용인데, 그게 뭔지 아나?”

"아뇨. 지금까지는 관심이 없었거든요."

닥터 보일이 조끼 주머니를 뒤져서 몽당연필과 종잇조각을 찾아냈다. 그리고 종이에 뭔가를 휘갈긴 다음 데이비드에게 건넸다. "여기 있네. 우리의 환자가 말을 할 수 있을 만큼 회복되기 전까지는 읽어보지 말게나. 내가 방금 적은 대로 대답한다는 데 5달러 걸지."

데이비드는 종이를 접어 손에 꼭 쥐었다. 두 사람은 함께 농부를 집안으로 옮겼다.

II

데이비드와 닥터 보일은 거실 벽난로 앞에 놓인 소파에 앉았다. 데이비드가 불을 지폈다. 저녁 무렵이었고 두 사람은 술을 마셨다. 거실 옆 침실에서는 담요에 푹 싸인 채 잠으로 피로를 풀고 있는 늙은 농부의 코골이 소리가 나지막이 들려왔다. 병상이 열 개뿐인 닥터 보일의 병원에는 그를 위한 자리가 없었다.

"만약 자네가 내기에 응했다면, 난 아마 5달러를 벌었겠지." 닥터 보일이 명랑하게 말했다.

데이비드는 고개를 끄덕였다. 농부의 말을 예상하며 그가 적어준 쪽지를 아직 가지고 있었다. 한 시간 전, 겨우 목소리를 낼

만큼 기운을 차린 농부는 쪽지 내용과 거의 똑같이 말했다. 데이비드는 큰 소리로 그 쪽지를 되풀이해 읽었다. "내 인생 전체가 파노라마처럼 눈앞으로 지나갔어요."

"정말 진부한 이야기 아닌가?" 닥터 보일이 다시 잔을 채우며 말했다.

"그게 사실이 아니라는 건 어떻게 알 수 있죠?"

닥터 보일이 한심하다는 듯 한숨을 내쉬었다. "자네처럼 똑똑한 사람에게 그 이유를 말해줄 사람이 꼭 필요한가?" 그가 눈썹을 추켜세웠다. "만약 그의 인생이 그의 눈앞을 주욱 지나갔다면, 그것을 본 건 그의 뇌일세. 모든 사람이 그렇게 사물을 보니까. 그의 심장이 펌프질을 멈추면 혈액이 뇌로 전달되지 못해. 뇌는 혈액이 없으면 일을 못하니, 그의 뇌도 작동할 수 없었겠지. 따라서 눈앞을 지나가는 인생 드라마를 관람할 수 없었을 거야. 자아, 큐이디QED*, 쿼드 에럿 데먼스트랜덤quod erat demonstrandum**, 로마 혹은 자네의 고등학교 기하학 수업에서 듣던 것처럼, 증명되어야 할 것이 증명되었다네." 그가 자리에서 일어났다. "얼음을 더 가져오지." 그는 아주 조금씩 흔들리는 걸음으로 콧노래를 부르며 집 뒤쪽의 부엌으로 들어갔다.

---

* 수학에서 '증명 끝'을 뜻하는 약자.

** 유클리드와 아르키메데스가 자주 쓰던 그리스어 문장을 라틴어로 옮긴 것으로, '이것이 보여주어야 할 것이었다'라는 의미.

데이비드는 일어나서 기지개를 켰다. 그리고 불타는 장작의 열기와 텅 빈 위장, 빠르게 들이켠 하이볼*이 함께 술수를 부려 그를 몹시 취하게 만들었다는 사실을 알아챘다. 기분이 들떴다. 엄청나게 행복하다기보다는 현명해진 느낌이었다. 몽롱한 가운데 이제 시간보다 한 수 앞설 때가 왔다는, 시간을 초월할 때가, 자신이 원하는 과거의 어느 지점으로든 갈 때가 되었다는 느낌이 들었다.

왜 그러는지 생각할 겨를도 없이, 데이비드는 어두운 침실로 들어가 잠든 농부의 어깨를 흔들었다. "일어나요!" 그가 다급히 말했다. "어서요, 할말이 있다고요." 계속 잠만 자는 농부 때문에 짜증이 나서 행동이 거칠어졌다. 어쨌든 당장 그와 이야기를 나누는 것이 대단히 중요했다. "일어나요, 내 말 들려요?"

농부는 몸을 뒤척이더니 벌건 눈으로 당혹스러워하며 그를 바라보았다.

"죽었을 때 무엇을 보셨어요?" 데이비드가 다그치듯 물었다.

농부가 입술을 핥으며 눈을 껌벅거렸다. "내 인생이……" 그가 입을 뗐다.

"그건 저도 알아요. 제가 알고 싶은 건 자세한 이야기예요. 완전히 잊고 지내던 사람들이나 장소 같은 것도 봤나요?"

---

* 위스키에 소다수를 타고 얼음을 띄워 만든 음료.

농부는 눈을 감고 집중하려는 듯 미간을 찌푸렸다. "너무 피곤해서 아무것도 생각할 수 없구먼." 그러면서 관자놀이를 툭툭 쳤다. "휙 지나가버렸어. 빨리감기 한 영화처럼 말이야. 과거가 무슨 섬광처럼 비치는 것 같았다니깐."

"제대로 보인 건 없나요?" 데이비드가 잔뜩 긴장한 채 다그쳤다.

"제발, 그만하고 다시 자면 안 되겠나?"

"질문에 대답만 해주면 바로 잘 수 있어요. 어떤 것이든 자세히 말해줄 수 있나요?"

농부가 입술에 침을 묻혔다. "아버지와 어머니를 똑똑히 보긴 했어." 그가 잠긴 목소리로 말했다. "젊은 시절 모습이었지. 어린애 한 쌍처럼 보일 정도였으니까. 내게 줄 기념품을 가지고 시카고 박람회에서 막 돌아온 참이었어. 줄곧 박람회장 주변을 돌던 전기 기차에 대해 이것저것 늘어놓고……" 그의 목소리가 점점 잦아들었다.

"그분들이 무슨 말을 했지요?" 데이비드가 농부의 어깨를 다시 흔들었다.

"아버지는 당신이 예상한 것보다 돈을 훨씬 적게 썼다고 했어." 이제 그는 속삭이듯 말했다. 침대 위로 몸을 구부려야 그의 얘기가 들렸다. "돈이 많이 남았다고 말이야."

"얼마나요?"

"57달러라고 했어." 농부는 발작적으로 기침이 쏟아졌고, 그 바람에 자리에서 일어나 앉아야 했다.

"또 무슨 말을 했죠?" 기침이 멎자 데이비드가 잔뜩 신이 난 목소리로 물었다.

농부는 이제 두려움이 담긴 눈으로 쳐다보았다. "테르마-킹 레인지 신제품을 사는 데 필요한 돈보다 3달러 더 있다고 했어." 그러고는 베개 위로 쓰러져 누웠고, 눈을 감았다.

"데이브! 거기서 나오지 못하겠나!" 닥터 보일의 목소리가 날카롭게 울렸다. 침실 문 앞에 드리운 그의 둥근 실루엣이 자못 호전적이었다. "그는 아직 회복되지 않았어. 환자를 죽일 셈인가?" 의사가 화를 내며 데이비드의 소매를 움켜잡고 그를 방에서 끌어냈다.

데이비드는 순순히 끌려나왔다. 사실 지금 자신에게 무슨 일이 벌어지는지 깨닫지 못했다. 아무 말도 하지 않았고 닥터 보일이 그를 위해 새로 만든 술에 손을 대지도 않았다. 그는 소파에 몸을 길게 뻗고 누워서, 종잇조각에 쓰인 문장 아래에 57이라는 숫자를 힘겹게 적어넣었다. 그리고 잠 속으로, 저녁을 볼 수 있는 꿈속으로 빠져들었다.

III

"죄송해요, 수요일 오후에는 선생님 진료가 없어요." 머리가 허연 간호사가 비쩍 마른 엉덩이 위로 유니폼 주름을 펴면서 말했다.

"개인적인 문제예요. 선생님과 친구거든요. 아주 중요한 것을 보여드리러 온 거예요." 데이비드가 가쁜 숨을 몰아쉬며 말했다. "어디에 계시죠? 서재에 계신가요?"

간호사는 미심쩍은 표정을 지으며 책상 위에 놓인 인터폰 스위치를 눌렀다. "보일 선생님, 지금 여기 청년 한 분이 선생님께 보여드릴 중요한 게 있다고 하는데요. 선생님 친구분이래요. 젊은 양반, 이름이 뭐지요?" 간호사는 경계하는 표정으로 그를 보았다. 그가 자신의 금장 만년필을 낚아채 도망갈지도 모른다고 생각하는 듯했다.

"데이비드 한든입니다." 데이비드는 간호사의 시선에서 자신이 얼마나 형편없는 사람으로 보이는지 알 수 있었다. 그는 익사 직전의 농부를 구해낸 이래 지금까지 일주일째 수염을 깎지 않았고, 이따금 차가운 물수건으로 머리 식히는 걸 제외하면 세수조차 하지 않았다. 볼품없이 온통 구겨진 옷 주름을 펴보려 했으나 헛된 노력일 뿐이었다. 바짓단에는 진흙이 잔뜩 튀어 있었다. 그날 아침에는 바로 그 옷을 입고 쏟아지는 빗속을 성큼

성큼 걸어 마을 도서관으로 간 다음, 불과 여섯 달 전에 저넷과 함께 누웠던 곳, 축축한 잔디가 깔린 경사로에 누워 있었다.

“보일 선생님은 바쁘세요.” 간호사가 말했다. “미안해요.” 그러나 전혀 미안해 보이지 않았다.

데이비드가 상체를 굽히고 인터폰 스위치를 켰다. “보일 선생님, 잘 들으세요. 이번에 제가 엄청 대단하고 결정적인 증거를 찾아냈어요. 선생님도 이걸 보면 납득하실 겁니다.” 그는 마이크에 대고 복사본을 흔들었다.

“이보게, 데이브.” 닥터 보일의 목소리에 피곤함과 짜증이 묻어났다. “월요일에 올버니에서 큰 학회가 열리는데, 그때까지 논문 하나를 준비해야 하네. 귀찮게 쫓아다니는 자네와 유행성 홍역 덕분에 나는 지금 첫 단락도 제대로 쓰지 못했어. 자네가 찾아낸 게 뭐든, 월요일이 지날 때까지는 기다려주겠지. 나는 오늘 자네와 만날 수 없으니 더이상 여러 말 하지 말게나.” 스피커에서 딸깍하는 소리가 들려왔다.

“이제 말해도 들리지 않아요.” 간호사가 신경질적으로 말했다. “플러그를 뽑아버렸거든요.” 그녀는 문 쪽으로 걸어가 문을 활짝 열었다. “선생님은 화요일에 뵐 수 있어요.” 마치 자기만큼은 인터폰 너머로 닥터 보일이 하는 말을 들을 수 있다는 듯이 말했다. “그 종이가 뭔지 모르겠지만 여기에 두고 가면 주말 동안 선생님이 한번 보실 수 있을 거예요.”

데이비드는 카펫이 깔린 층계를 올려다보면서 거대하고 낡은 이 집 어디쯤에 서재가 있을지 생각했다. 그러고는 넋이 나간 사람처럼 간호사에게 복사본을 건넸다.

간호사는 거만한 태도로 종이를 살펴보았다. "선생님께서 이걸 가지고 뭘 해야 하는 건가요? 선생님이 장작 스토브 구입에 관심이 있을지 모르겠군요. '숙녀분들, 오래된 레인지 대신 테르마-킹으로 바꿔보세요.' 도대체 이해가 안 가네요."

"당신 이해하라고 준 거 아닙니다." 데이비드가 짜증스럽게 대꾸했다. "이리 주세요. 내가 직접 선생님께 가지고 갈 겁니다. 지금 당장 말이에요."

간호사는 문을 더 활짝 열고 비쩍 마른 가슴에 사진 복사본을 꽉 누른 채 말했다. "내가 가져다드릴게요. 이게 대체 무엇인지만 말해요."

"그 농부가 거짓말을 하지 않았다는 증거라고 하세요. 시카고 만국박람회가 1893년에 열렸고, 그해에 테르마-킹 레인지를 54달러에 살 수 있었어요. 1893년에 나온 이 신문 광고를 보면 분명히 알 수 있죠. 그 농부가 말한 대로 57달러에서 3달러 적은 금액이에요." 그는 간호사에게서 등을 돌렸다. "이런, 이해를 하든 말든, 어차피 당신은 듣고 있지도 않잖아요."

"온 집안에서 자네 목소리가 들리는군." 닥터 보일이 층계 꼭대기에 서서 불평을 터뜨렸다.

"선생님, 정말로 그 늙은 농부의 인생이 그의 눈앞에 지나갔다는 증거를 가지고 왔어요. 그는 시간을 거슬러 1893년으로 되돌아간 거예요!"

"과거에 머무는 동안 그가 자네 할아버지를 총으로 쏴버려야 했어. 그랬으면 나도 잠시 평화를 얻어 이 논문을 끝냈을지 모르지."

"잠시 제 얘기 좀 들어주시면 안 될까요?" 데이비드가 말했다.

"그래…… 좋아. 자네를 상태가 대단히 위중한 환자로 생각하겠네. 정신 건강이 엉망이야, 데이브. 자네는 다른 누구보다도 이곳을 떠나 휴식을 취할 필요가 있는 사람이라고. 나도 마찬가지고. 올라오게."

"선생님이 만나주신답니다." 간호사가 얼른 말했다. 그러고는 예의바른 척하면서도 왠지 거들먹거리는 태도로 복사본을 건넸다.

"통역사 없이도 충분히 의사소통할 수 있어요." 데이비드가 매섭게 쏘아붙인 뒤 한 번에 두 개씩, 성큼성큼 계단을 올라갔다.

닥터 보일은 서재 문을 닫은 다음, 책상 위에 팔짱을 끼고 엎드린 채 데이비드의 말을 들었다.

"그리고 이 광고지가 결론을 내주었어요, 그렇지요?" 데이비드가 말했다. "늙은 농부는 일곱 살 때로 돌아가 자기 아버지가 만국박람회장의 전차에 대해 말하는 것을 들었어요. 아버지가 자신이 사려던 레인지의 이름과 가격을 말했죠. 모든 게 들어맞아요!"

닥터 보일은 고개를 들지 않았다. "어떻게 설명해야 할지 모르겠지만, 자네가 틀렸다는 건 알겠네. 어쩌면 그 농부의 기억력이 별나게 좋은 건지도 모르지. 분명 그럴 거야. 어쩌면 물에 빠지면서 머리가 어떻게 되어버린 걸 수도 있어. 때때로 최면술사가 사람들에게 최면을 걸어서 초등학교 시절 선생님이 타고 다니던 자동차 제조사 같은 것을 기억하게 하잖나. 뭐 그런 거지. 시간여행이라고? 터무니없는 소리야."

"농부의 기억력도 확인해보았는데 그리 좋은 편이 아니에요." 데이비드가 말했다. "들어보세요, 저는 지난주 내내 이 일에만 몰두했어요. 필요한 건 모두 알아보았다고요. 늙은 농부는 지금 쓰고 있는 스토브 가격도 10달러 이상 차이나게 말했고, 제조사도 틀렸어요." 그는 호주머니에 손을 찔러넣었다. "시간여행이 아니라고 말할 수 있는 확실한 이유를 대보세요. 하나도 없을걸요."

"논리일세, 젊은이." 닥터 보일이 이를 앙다문 채 인내심을 발휘했다. "말이 되지 않아. 만약 자네가 과거의 어느 시기로 돌아가 한 사람을 죽인다면 오직 신만이 알 수 있을 만큼 많은 수의 후손들을 싹쓸이해버리는 셈이야. 샤를마뉴 대제*를 해치우면 지구상에 숨쉬는 백인종 남자를 거의 다 죽이는 셈이지. 말도 안 돼! 총기를 밀수해서 고대 아테네 사람들에게 기관총 두어 자루를 팔고 그들이 펠로폰네소스 전쟁에서 이길 수 있게 해 보지그러나? 과거로 돌아가서 에디슨과 벨, 라이트 형제가 관심을 보이기 전에 전구, 전화, 비행기를 발명하는 건 어떤가? 로열티가 엄청날 텐데!"

데이비드는 고개를 끄덕였다. "알아요, 안다고요. 저도 그런 생각 때문에 한동안 혼란스러웠어요. 그리고 깨달았어요. 그 늙은 농부가 정말로 시간여행을 했다고 해도 자신이 이미 가본 곳 외엔 가지 못한다는 것을요. 만약 죽은 자가 자신의 일생 중 어느 시기만 자유로이 여행할 수 있다면, 선생님의 논리는 거기에 적용되지 않아요. 선생님이 논리적으로 지적하신 것처럼, 그가 자신의 일생 중 단 하나라도 바꿀 수 있다고 생각하지 않습니다. 만약 과거로 되돌아간다면, 당시에 느꼈던 것만 느끼고, 당시 했던 일만 할 수 있을 거예요. 그 정도는 가능한 게 확실해요."

"그런 일에 신경쓸 사람은 아무도 없네."

"난 신경써요." 데이비드가 무덤덤하게 말했다. "선생님도, 다른 사람들도 모두 신경써요. 만약 그게 사실이라면, 정말 엄청난 거죠. 지금보다 훨씬 자비로운 인생이 될 테니까요."

닥터 보일이 일어서서, 간호사가 그랬던 것처럼, 문을 열고

---

* 지속적인 영토 확장으로 유럽 전역을 지배했던 프랑크 왕국의 왕(742~814).

기다렸다. "대단히 재미난 생각이군, 데이브. 긴긴 겨울밤 이리저리 궁리하기에 딱 맞는 주제지. 자네는 시간여행을 믿지만 나는 믿지 않아. 그리고 우리 둘 다 적절한 근거를 대지 못했어. 난 이에 대해 더 생각할 시간이 없으니, 이만 가줬으면 좋겠군."

"선생님께서 근거가 있는지 없는지 알아내도록 저를 도와주셔야 해요." 데이비드는 문에서 뒷걸음질치더니 속을 두툼하게 채워넣은 의자에 고집스럽게 자리를 잡고 담배에 불을 붙였다.

"이보게, 친구," 닥터 보일이 벌컥 화를 냈다. "일주일 전까지 자네와 나는 거의 모르는 사이였어. 그런데 지금은 샴쌍둥이처럼 딱 들러붙어서 나를 괴롭히고 있군. 전화를 걸어서 끝없이 이야기를 늘어놓았지. 시간, 시간, 그 빌어먹을 시간에 대해서 말이야. 나는 관심이 없어, 알아듣겠나? 그러니 관심 있을 것 같은 사람에게 달라붙어보는 게 어때? 가장 친한 친구, 성직자나 심리학자, 혹은 이런 협잡질로 대성공을 거둘 무슨무슨 이론가들에게 말이야. 나는 그저 평범한 의사인데다 대단히 바쁜 사람이라고."

"제 실험에 도움을 줄 수 있는 사람은 내과 의사뿐이에요. 이 마을에서는 선생님이 유일하고요." 데이비드는 시무룩하게 말했다. "선생님의 일상을 어수선하게 만들어서 죄송합니다. 하지만 이 모든 게 중요해 보인다는 것, 정말 엄청나게 중요해 보인다는 것, 그뿐이에요. 선생님도 그렇게 여기고 도움을 주실 거라고 생각했어요. 자기가 옳다는 것을 증명하는 것보다 더 중요한 일이 있을까요? 만약 사후세계가 현세에서의 가장 멋진 순간들 속에 영원히 남는 것이라면 그에 대해 알고 싶지 않으세요?"

닥터 보일이 하품을 했다. "만약 한 사람의 인생에서 악취가 풍긴다면? 자기 잘못도 아닌데 말이야."

"그렇다면 어머니의 자궁으로 돌아가는 여행으로 만족할 수 있겠죠. 어떤 사람들은 그걸 제일 바랄 거예요."

"모든 것을 알아냈군, 안 그런가, 데이브?" 닥터 보일이 눈을 가늘게 떴다. "내가 어떻게 도울 수 있지? 자네가 말하는 그 실험이란 대체 뭔가?" 그의 질문에서 조심스러움이 묻어났다. 맹장염 때문에 뭉친 근육을 찾아내기 위해 환자의 복부를 살필 때와 비슷한 태도였다.

데이비드는 다른 신문 조각을 건넸다. 하루 지난 신문이었다. 그는 침착하려고 안간힘을 썼지만 몸이 살짝 떨렸다. 이 우쭐대는 조그만 의사는, 너무 많은 것들이 그에게 달려 있었지만, 호기심이나 상상력이라고는 한 톨도 없는 사람이었다. 암도 아니고 심장 질환도 아니고 책 속의 어떤 다른 질병도 아닌 시간이 가장 무섭고 인간을 불구로 만들 수 있는 전염병이라고 생각할 수는 없었다.

닥터 보일은 신문 조각을 읽기 시작했다. "음. '로스앤젤레스, 세이크리드 허트 병원의 의사는 오늘' 오, 그래. 나도 읽었네. 어떤 남자가 수술대에서 사망했는데 의사가 심장 마사지로 살려냈지. 으음, 아주 흥미로운 사건이었고, 자네에게는 특히 그랬을 거야. 이 환자도 자신의 인생 전체가 눈앞으로 지나갔다고 했을지 궁금한걸?" 그는 비꼬듯 질문을 던졌다.

"한 시간 전에 그 환자는 의식불명이었어요." 데이비드가 말했다.

"세상에, 자네가 그걸 어떻게 알아?"

"여기 오기 전에 그 병원에 전화를 걸었거든요."

닥터 보일의 눈썹이 불쑥 올라갔다. "뭘 했다고? 로스앤젤레스까지 전화를 걸어서 전혀 알지도 못하는 사람의 상태에 대해 물어봤다는 건가?" 그가 데이비드의 어깨에 손을 올렸다. "정말 제정신이 아니군, 데이브. 집착 증세가 이렇게 심각한지 몰랐네. 자넨 그 생각에서 벗어나 휴식을 취해야 해. 그 음침한 소굴에서 벗어나야 한다고. 이제 의사로서 자네에게 처방을 내리지. 자네는 지금 극심한 신경쇠약에 걸리기 일보직전이야. 진심일세. 가방을 싸서 오늘 떠나게."

"이 실험만 끝나면 쉴 거예요. 아주 충분히." 데이비드가 차분히 말했다. "하지만 실험이 먼저예요."

"그 실험이란 게……"

데이비드는 닥터 보일의 얼굴이 발갛게 물드는 것을 보고 그가 제대로 짐작했음을 알아차렸다. "선생님에게 원하는 건 수술이에요. 원하시는 만큼 지불할게요. 아주 충분히요. 제가 직접 시간에 대해 알아보고 싶어요." 그의 목소리는 아무렇지도 않았다. 그는 자신이 요구하는 것에 대해 두려움은커녕 갈망만을 느꼈다. "나를 죽게 했다가 다시 살려주세요."

"나가." 닥터 보일이 조용히 대꾸했다. "다시는 날 귀찮게 하지 말게, 알아듣겠나? 이제 꺼져!"

IV

닥터 보일이 데이비드에게 사무실에서 나가라고 고함을 지르고 두 달이 흘렀다. 데이비드는 화실에 놓인 커다란 의자에 깊숙이 기대앉아 제도용 책상 위에 발을 올린 채 전화 다이얼을 돌렸다.

"보일 선생님 진료실입니다." 간호사의 목소리였다. 그녀는 말투에서 누가, 무슨 일로 전화를 했든지 간에 이런 대단히 중요한 기관에서는 그저 사소한 문제일 뿐이라는 인상이 전달되도록 애썼다.

"선생님과 이야기를 나누고 싶어요." 데이비드가 말했다. "급한 일이에요."

"한든 씨군요, 잘못 들은 게 아니라면요."

"제대로 들으셨어요."

"선생님은 당신 때문에 방해받는 걸 더이상 원치 않아요. 그 뜻을 분명히 전달하셨다고 생각하는데요."

"이건 응급 상황이에요." 데이비드가 날카롭게 말했다. "만약 지금 보일 선생님과 연결시켜주지 않는다면, 당신은 아주 심각한 문제에 직면한 백의의 천사가 될 거예요."

긴 침묵이 흘렀다. 간호사의 무거운 숨소리 외에는 아무것도 들리지 않았다. 그리고 마침내 달깍하는 소리가 들렸다. "선생님, 한든 씨가 또 전화했어요. 다시는 귀찮게 하지 말라는 지시를 내리신 건 저도 알지만, 응급 상황이라고 전해달래요." 마지막 말에는 빈정거림이 섞여 있었다.

닥터 보일은 한숨을 내쉬었다. "그래요, 바꿔줘요."

"이미 연결되어 있습니다, 보일 선생님. 너무 많이 아파요. 안 그랬다면 선생님의 귀한 시간을 단 일 초도 뺐지 않았을 거예요. 선생님이 이곳으로 와주셔야 해요."

"병원으로 올 수 없겠나? 지금 환자가 열 명이나 기다리고 있어. 부러진 팔뼈를 맞추다가 전화를 받는 걸세."

"죄송해요. 꼭 이곳으로 와주셔야 해요. 열이 39도까지 올랐어요. 너무 지치고 힘들어서 운전도 못하겠어요." 데이비드는 의사가 귀를 기울일 수밖에 없는 증상을 줄줄이 늘어놓았다.

"요즘 유행하는 바이러스 같군. 네시까지 버틸 수 있겠나?"

"네. 네시 정각에 온다고 약속하시는 거죠?"

"그래, 네시. 데이브." 그가 약간 망설이며 대답했다. 그러고는 목소리를 가다듬었다. "아직도 시간 같은 문제들과 씨름하고 있나?"

"아뇨. 이제 다 끝났어요. 제가 제정신이 아니었던 것 같아요. 그리고 죄송해요. 선생님 충고를 받아들였어요. 아주 좋은 충고였죠. 감사합니다."

"그거 좋은 소식이군." 닥터 보일의 목소리가 다정해졌다. "그동안 퉁명스럽게 대해서 미안하네. 자네를 좀더 이해했어야 했는데. 이보게, 만약 정신의학 방면으로 도움이 필요하다면 트로이에 실력 좋은 선생이 계시니 내가……"

"아뇨, 아니에요. 완전히 나았어요. 제가 지금 필요한 것은 목 아픈 것과 복통, 열을 치료해줄 구식이지만 효과 좋은 약이에요."

"좋아. 네시까지만 버티라고. 아스피린 두 알 정도면 조금 편안해질 거야. 만약 상태가 더 악화되면 다시 전화하게. 그럼 곧바로 갈 테니."

"기다릴게요." 데이비드가 말했다. "그냥 들어오시면 돼요. 저는 화실 안에 누워 있어요." 그는 옆에 놓인 테이블에서 주사기를 집어들고 벽난로에서 타고 있는 느릅나무 장작의 새파란 불꽃을 비추며 이리저리 돌려 보았다. "기다릴게요." 그는 이렇게 말하고 전화를 끊었다. 지금까지 살면서 가장 기분좋은 순간이었다.

금속 실린더 안에 싸인 코일 스프링이 주사기 위쪽에 고정되어 밀대를 밀도록 되어 있었다. 데이비드는 주사기에 물을 채웠다. 실린더에서 나온 전선 두 가닥을 건전지와 스위치에 연결했다. 스위치를 내리자 전기 방아쇠가 스프링을 놓아주면서 주사기 밀대가 밀리고, 바늘 끝에서 물이 적당히 뿜어졌다. 만족스러웠다. 오, 완벽해.

그는 누군가 그 광경을 보면 무슨 생각을 할까 상상하며, 비밀에 싸인 듯한 기분으로 아이 같은 즐거움에 빠져들었다. 겨울의 정오였지만 흐린 교외지역을 밝혀주는 눈이 없으니 가을 황혼녘보다도 어두웠다. 그 누군가에게는 이곳 화실에서 일어나는 으스스한 사건에 대해 대자연이 동정심을 느끼는 것처럼 보이리라는 생각을 하자 데이비드는 신이 났다. 지상에서 수천 미터 상공에 있는 따스한 기류에서 종잡을 수 없이 쏟아지는 빗방울들이 창문턱 위에 후두둑 떨어져 얼어붙었다.

기구 제조업체가 보낸 소포가 도착한 것은 불과 한 시간 전이었다. 데이비드는 특별 주문한 주사기와 시한장치가 달린 자물쇠를 테이블 위에 올려놓았다. 검은색 벨벳으로 싸여 있으니 마치 보석 같아 보였다. 이제 바닥에 놓아둔 회로와 전선에 연결하고 제자리에 고정시키는 일만 남았다. 다른 물건들은 이미 몇 주 전부터 준비해두었다. 바닥에 못을 박아 고정시킨 끈, 창문

두 개와 프랑스풍 유리문에 설치한 가로장, 인공호흡기. 이 모든 것들이 데이비드의 기술로 직접 만들 수 없는 기구들을 기다리고 있었다.

지금은 닥터 보일이 필요하지 않았다. 처음에는 그럴 필요가 없었다. 처음 부분은 스스로 해결할 수 있으니까. 그다음엔 의사가 도움을 줄 수밖에 없다. 일단 실험이 시작되면, 윤리상 의사는 거절할 수 없다.

데이비드는 주사기와 건전지와 스위치를, 판자에 못으로 고정시킨 끈 옆, 마룻바닥에 내려놓았다. 다음은 시한장치가 달린 자물쇠였다. 자물쇠를 금속철판 위에 올려두고, 두꺼운 볼트로 철판을 관통하여 화실 안쪽 문에 미리 뚫어놓은 구멍에 박았다. 그리고 자물쇠 시한장치에서 나온 전선을 모아 스위치와 건전지에 연결했다.

다시 스위치를 닫았다. 주사기의 밀대가 한번 더 아래로 내려갔다. 시한장치가 움직이기 시작하자 동시에 데이비드가 고개를 뒤로 젖혔다. 일 분, 이 분, 다시 삼 분, 똑딱거리는 소리 말고는 아무 일도 일어나지 않았다. 갑자기 시한장치가 빠르게 돌기 시작하더니 자물쇠 고리가 풀리고 문이 열렸다.

그는 자물쇠와 시한장치를 다시 맞추고 무표정한 얼굴로 주사기에 무색 기름 같은 액체를 채운 뒤 다시 전화 다이얼을 돌렸다.

"웨스턴 유니언*입니다."

"정확한 시간을 알려주시겠습니까?" 데이비드가 물었다.

"12시 29분 15초입니다, 선생님"

"감사합니다." 데이비드는 시계를 맞추었다. 앞으로 세 시간 반 정도 남았다. 뚜렷한 특징이나 약속, 목적이 없는 세 시간 반이다. 더이상 해야 할 일도, 관심을 기울일 만한 일도 없다. 마치 어느 일요일 조그만 마을에서 낯익은 얼굴을 만나고 싶다는 바람도 희망도 없이 쓰디쓴 담배 연기만 연달아 내뿜으며 열차들 사이에 선 여행자가 된 기분이었다. 자신의 길을 갈 수 있을 때까지는 자신이 누구인지조차 모르는 사람이 된 것 같았다. 그는 느긋하게 창문의 가로장을 확인했다. 힘을 줘도 구부러지지 않았다. 필요한 경우, 그가 도움을 받을 준비가 될 때까지 가로장과 자물쇠가 사람들을 막아줄 것이다.

그는 하품을 했다. 겨우 십 분밖에 지나지 않았다. 그는 다시 의자에 자리를 잡고, 푹신한 쿠션에 축 늘어진 자세로 기대앉았다. 등받이 날개 부분에 옆 시야가 가렸다. 그의 시선이 자연스럽게 문 옆 어수선한 구석에 떨어졌다. 처음에는 마구 뒤섞인 채 놓여 있는 물건들이 그리 중요해 보이지 않았다. 그러나 그것들이 자신의 이젤과 캔버스들, 물감들이라는 사실을 깨닫자

* 미국의 통신 회사인 The Telegraph Company of Western Union의 약칭.

약간 혼란스럽고 놀라웠다. 한때, 아니 불과 몇 달 전까지만 해도 자신이 화가였다는 사실, 가로장과 끈, 주삿바늘이 여기저기 놓인 바로 이 방이 한때는 정물화와 애정 어린 초상화, 감상적인 풍경화의 산실이었다는 사실이 믿기지 않았다.

잠시 동안 이곳이 더럽고 두렵게 느껴졌다. 데이비드는 가로장을 부수고, 따뜻한 붉은 카펫으로 끈들을 덮어버리고 싶었다. 닥터 보일에게 오지 말라고 하고 그동안 잊고 지냈던 친구들을 신나는 파티에 초대하고 싶었다.

그런 감정도 지나갔다. 데이비드의 표정이 다시 날카롭게, 뭔가 굳게 결심한 사람처럼 변했다. 그의 오랜 적인 시간이 용기를 빼앗아가려고, 남아 있는 몇 시간 동안 그를 무너뜨리려고 했다. 이 실험에 대해 더 생각하면 시간여행을 시작하기도 전에 자신감을 잃어버릴 것 같았다.

그는 다른 생각을 하려고 애썼다. 오래된 습관에 따라 거의 반사적으로, 이젤 위에 새 캔버스를 놓고 팔레트에 물감을 쭈욱 짜기 시작했다. 자신을 다그쳐보았으나 그의 움직임은 어설펐고 선택한 색도 두서가 없었다. 하얀 공간 앞에서 아무것도 떠오르지 않았다. 그는 팔레트 나이프를 검은색 물감 덩어리에 찔러넣었다가 캔버스 위에 휙 그었다.

비평가들이 그의 섬세한 작품에 대해, 그 세밀함에 대해 주목한 적도 있었다. 수많은 색깔을 사용했을 때조차 자신의 결혼반지 굵기만한 납작붓 외에는 사용한 적이 없었다. 지금 그는 팔레트 나이프로 물감을 듬뿍 펴발랐다. 마치 손이 원하는 대로, 그가 아닌 다른 영혼의 지휘에 따라 움직이는 것 같았다. 그는 물감을 칠하며 단지 어린아이 같은 즐거움을 느낄 뿐이었다.

데이비드는 그림에서 눈을 떼고 시계를 보다가 깜짝 놀랐다. 세 시간 반이 훌쩍 지나 있었다. 곧 닥터 보일이 올 것이다. 두껍게 깔린 자갈을 헤치며 굴러가는 자동차 타이어 소리가 들렸다. 닥터 보일이 도착한 것이다.

자신을 둘러싼 환경을 향한 순간적인 두려움과 경이로움이 다시금 그를 덮쳤다. 가슴이 마구 뛰었다. 자갈 위를 자박자박 걸어오는 발자국 소리가 들려왔다.

데이비드는 눈을 감고서 자신이 억지로 떠나려 하는 이 탐험보다 더 중요한 탐험은 인류 역사상 없었다고 한번 더 스스로를 다독였다. 그는 아주 잠깐 죽어서 영원을 탐험한 뒤 다시 살아나, 산 자들에게 그들이 살아가는 모든 순간이 가장 거대한 성운만큼이나 영원한 우주의 일부라고 말할 것이다. 시간은 인간의 마음속에서 더이상 살인자가 아니다.

초인종이 울렸다. 데이비드는 딱딱한 마룻바닥에 누워 발목과 손목, 어깨, 왼쪽 팔에 끈을 묶고 단단히 조였다. 죽는 과정에서 심한 경련이 찾아온다면, 그 끈들이 그가 자신을 해치지 않도록 해줄 것이다. 그는 자유로운 오른손으로 주삿바늘을 왼쪽 팔뚝 정맥에 찔렀다. 그 속에 든 액체가 그의 심장을 멎게 할 것이다. 다시 초인종이 울렸다.

데이비드는 고개를 돌려 마지막으로 화실을 둘러보았다. 문은 시한장치가 달린 자물쇠로 가로막혀 있었다. 인공호흡기와 두번째 주사기—닥터 보일이 물에 빠진 농부의 심장에 찔러넣었던 것과 똑같은 것—가 잘 보이는 곳에 놓여 있었다. 즉시 사용 가능한 상태였다. 닥터 보일이 그것으로 그를 다시 살려낼 것이다.

데이비드는 숨을 크게 들이마셨다. 오른손으로 전기 스위치를 감싸쥐고, 숨을 깊이 내쉰 뒤 회로를 닫았다. 왼팔에서 느껴지는 약간 간지러운 감각이 주사기 속 액체가 혈관으로 흘러들어오고 있다는 사실을 알려주었다. 그는 그쪽을 보는 대신 발치 부근 이젤 위에 놓인 형체 없는 그림을 응시했다. 문에 달린 자물쇠의 시한장치가 재깍거리고 있었다. 이제 곧 닥터 보일이 거실을 가로지르고 들어와 그 문을 흔들 것이다.

전화벨이 날카롭게 울렸다. 데이비드가 자유로운 한 손으로 전화선을 획 잡아당기자 전화기가 요란한 소리를 내며 그가 누운 곳 옆으로 곤두박질쳤다. 죽어가는 판에 빌어먹을 그 소음이란!

"데이브." 머리 근처에 떨어진 수화기에서 잡음이 섞인 듯 희미한 목소리가 새어나왔다. "데이브, 보일일세." 집으로 들어오는 진입로에서 자갈 위를 지나가는 타이어 소리가 또다시 들렸는데, 이번에는 점점 멀어지고 희미해지더니 아주 사라져버렸다.

데이비드는 전화기 쪽으로 고개를 돌릴 힘조차 없었다. 입술을 축이고 싶었으나 그의 혀는 그저 힘없이 떨릴 뿐이었다. 수화기를 통과한 단어들을 겨우 들었지만 그게 무슨 의미인지 생각할 힘이 없었다.

"잘 듣게, 나는 지금 렉스퍼드에 와 있어." 목소리가 말했다. "조산아가 있어서 아기를 인큐베이터에 넣어야 해. 두어 시간만 더 참고 있을 수……"

데이비드는 흐릿한 정신을 모아 그림에 집중했다. 이상하다, 그는 생각했다. 자기가 뭘 그렸는지 이제야 깨닫다니 얼마나 이상한가. 멀리서 보니 물감 덩어리들은 멋진 풍경화가 되었다. 그는 미소를 지으려 노력했다. 자신의 명작을 향한 부질없는 경의의 표시였다.

그는 봄볕 가득한 녹색 경사로를, 아래쪽에 자리한 연못을, 돌로 얼기설기 쌓아올린 둑 너머에서 물이 넘실대던 모습을, 물마루에 맨발을 담그고 빙빙 돌리던 젊은 연인들을, 천사의 얼굴을 가진 그 여인…… 그녀의 입술이 움직이기 직전의 생동감을 감탄하며 바라보았다.

Episode #2

로마

이것은 아버지의 손에서 자란 한 소녀에 관한 이야기다. 소녀는 아버지를 숭배했으나 그가 엄청난 위선자라는 사실을 깨닫게 된다. 이것은 실제로 있었던 일이다.

이 일은 내가 노스 크로퍼드 마스크 앤드 위그 클럽의 회장이었던 해에 발생했다. 수수와 석유 관련 사태가 오클라호마 주 바벨을 휩쓸고 지나간 해이기도 했다. 프레드 러벌이라는 남자가 그 대대적인 사기 사건의 주범이었다. 러벌에게는 멜로디라는 열여덟 살짜리 딸이 있었고 아내는 없었다. 그리고 노스 크로퍼드에 사는 여동생이 있었다. 그는 멜로디를 여동생에게 보내 사건이 잠잠해질 때까지 함께 지내게 했다.

그는 사태가 곧 진정될 거라고 생각했다. 하지만 그렇게 되지 않았다.

*

멜로디가 마스크 앤드 위그 클럽에 합류했다. 멜로디는 대단히 아름다운 소녀였고, 우리는 그녀가 아버지의 재판을 잊도록 해주는 것이 대단히 중요하다고 생각했기에 그녀에게 곧바로 연극의 주연을 맡겼다. 아서 가비 얼름의 극본 〈로마〉에서 순수한 마음을 간직한 창녀 벨라 역할이었다.

연극의 등장인물은 달랑 네 명, 벨라와 착한 미국 병사 벤, 못된 미국 병사 제드, 로마의 냉소적인 경찰관 베르나르도뿐이었다. 시기는 제2차세계대전이었다.

브라이스 워머그랜이 착한 병사이자 시인 역할을 맡았다. 그는 뉴욕에서 어린 시절을 보낸 마마보이였다. 홀어머니가 워머그랜 목재 회사의 소유주였고, 그 회사는 사실상 뉴햄프셔 북부지방의 모든 나무와 그루터기를 소유하고 있었다. 브라이스는 나무에 관한 모든 것을 익히기 위해 일 년 동안 노스 크로퍼드에서 지냈다. 그는 멋지고, 윤기나고, 수줍고, 예의바른 젊은이였다.

브라이스는 그전까지 한 번도 연기를 해본 적이 없었다. 그가 클럽을 위해 한 일은 중간 휴식 시간에 펀치*를 떠낸 것뿐이었다. 나는 전기공사 도급자인 존 셔우드가 펀치를 뜨던 브라이스에 대해 했던 말을 기억한다. "그 젊은이에게 넘치지도 모자라지도 않는 일이군." 그것은 브라이스를 제대로 요약한 표현이었다.

존 셔우드 역시 〈로마〉에 참여했다. 그는 못된 병사 역이었다. 키는 195센티미터에, 말랐고, 어깨가 떡 벌어졌으며, 마을에서 호색꾼으로 통했다. 춤 실력과 천박한 말솜씨, 창꼬치를 떠올리게 하는 미소로 여자들 사이에서 유명했다. 또한 연기를 할 줄 알았고, 연기하는 것을 사랑했다. 그는 객석에 앉아 있는 여자들을 안절부절하고 당혹스럽게 만드는 걸 무척이나 좋아했다.

나는 냉소적인 경찰관 역할을 맡는 바람에 팔자수염을 길러야 했다.

연극 〈로마〉의 연출은 샐리 세인트 쾨르였다.

*

샐리가 첫 대본 리딩을 위해 자신의 선물가게 뒷방으로 우리네 사람을 불렀다. 그 가게 이름은 '매력만점 신제품**'이었다. 샐

---

* 큰 그릇에 과일즙, 설탕, 술 등을 혼합하여 여러 사람이 함께 떠서 먹는 음료.

** 원문은 'The Better Mousetrap'. '개량된 쥐덫'이라는 뜻으로, '더 좋은 쥐덫을 만들면 사람들이 가게 문턱이 닳도록 드나든다'는 속담에서 온 표현이다. 일반적으로 '더 나은 신제품'을 일컫는 관용구로 쓰인다.

리는 멜로디와 꽤 여러 번 이야기를 나눈 적이 있었으나 우리 세 남자는 그날 처음으로 그녀를 가까이서 보게 되었다.

엄청나게 예쁜 얼굴을 제외하고 내게 가장 인상 깊었던 것은 소녀의 자세였다. 팔꿈치를 옆구리에 찰싹 붙이고 어깨를 조금 수그리며 병균에 감염될까봐 두려워 죽을 것 같은 사람처럼 두 손을 가슴에 얹었다. 브라이스는 그녀에게서 '순수'라고 부를 만한 것을 보았다고 말했다. 멜로디를 만나기 전까지는 그토록 순수한 여자가 있을 거라고 생각한 적도 없었다. 존 셔우드가 멜로디에 대해 말한 건 도저히 책에 쓸 수 없는 내용이었다. 간단히 말하자면, 그렇게 차갑고 인생의 실상에 무지한 여자들을 보면 골치가 아프다는 것이었다. 그 소녀의 순진무구함은, 존이 중요하게 생각하는 모든 것에 대한 용서할 수 없는 공격이었다.

멜로디가 무지하고 순진하다는 사실에 대해서는 일말의 의문도 없었다. 그녀가 샐리에게 했던 첫번째 질문은 이거였다. "실례합니다만, 세인트 쾨르, 거리의 여자란 무엇인가요?"

"모자 잘 잡게나. 놀라 자빠질 테니." 존이 내게 속삭였다.

"거리의 여자 말인가요?" 샐리가 말했다. "왜, 그러니까…… 돈을 받는 여자예요."

"아하." 멜로디가 말했다.

"세상의 모든 점잖은 여성 출납원들의 명성이 땅에 떨어지는 순간이군." 존이 중얼거렸다.

"지금, 이 연극에 대해서 말하자면," 샐리가 말했다. "브로드웨이에서 단 하룻밤밖에 공연되지 못했어요. 하지만 대본을 모두 읽어보니 문제는 배우와 감독에게 있었던 거지 극본이 아니었어요. 아주 훌륭한 연극이고, 이 극본이 누려 마땅하지만 한 번도 누린 적 없는 공연이란 걸 해줄 수 있는 절호의 기회예요."

"아서 가비 얼름이 누구지?" 존이 물었다.

"이 극본을 집필한 사람이죠."

"나도 그건 알아. 그것 외에 그가 쓴 작품이 뭐가 있는지 궁금해서 말이야."

"내…… 내 생각에 다른 걸 쓰지는 않은 것 같아요." 샐리가 말했다.

"당신 앞날이 훤하게 밝았군." 존이 말했다.

"질문 하나 더 해도 될까요?" 멜로디가 말했다.

"물론이죠, 아가씨." 샐리는 너무 용감하게도 질문을 허락했다.

"대본을 모두 읽었는데요." 멜로디가 말했다. "제가 여러 사람들과 키스를 해야 하는 장면이 몇 군데 나오더라고요."

"그래서요?"

멜로디는 불행한 표정으로 고개를 가로저었다. "진짜로 그렇게 해야 하나요?"

"음, 그…… 렇죠." 샐리가 말했다.

"세인트 쾨르, 저는 남편 이외의 남자와 절대로 키스하지 않겠다고 아빠랑 약속했어요."

존이 과장스럽게 한숨을 내쉬었다. 마치 화물열차 기적 소리처럼 들렸다.

멜로디가 고개를 돌려 쌀쌀맞게 그를 보며 말했다. "그게 구식이거나 세련되지 않거나 뭐 그렇다고 생각하는 것 같네요."

"오, 그렇지 않아." 그가 말했다. "나는 그게 완전히, 신성하다고 생각해."

"진심인지 아닌지 잘 모르겠군요."

그때 브라이스가 입을 열었다. 어떤 주제든 그가 그렇게 똑부러지게 말하는 걸 본 것은 그때가 처음이었다. 그는 숨을 가쁘게 몰아쉬었고 얼굴이 토마토 주스처럼 붉게 변했다. "러벌," 그가 말했다. "요즘 같은 시대에 감히 그처럼 높은 이상을 간직하는 여성이라면, 어느 여성보다 용감하고 고귀한 여성이죠."

멜로디가 고마워했다. "정말 감사해요." 그녀가 대답했다. "높은 이상을 지닌 여자를 존경하는 남자가 주변에 있다는 사실은 미처 몰랐답니다."

"적지만 있긴 해요." 브라이스가 말했다.

"대부분의 사람들이 겨우 인정해주는 것보다는 많겠지." 존이 말했다.

"그 입 다물어." 내가 그에게 말했다.

"귀여운 아가씨, 키스에 대해서는……" 샐리가 말했다.

"어쨌든 저는 그렇게 할 수 없어요, 세인트 쾨르. 특히 관객들이 보는 앞에서는요."

"으음." 샐리가 말했다.

"아빠가 제게 말씀하시길, 공개적인 곳에서 여러 사람과 키스하는 게 가장 역겨운 짓이라고 했어요." 이 소녀에게 그렇게 말한 남자는 지금 자신의 이웃과 나라로부터 6백만 달러를 착복한 혐의를 받고 있었다.

*

"아가씨, 연극은 실제가 아니에요." 샐리가 멜로디에게 말했다. "어떤 여배우가 자신보다 나쁜 성향의 여자 배역을 맡는다고 그녀의 도덕성이 정말 나쁘다는 뜻은 아니라고요."

"부도덕한 배역을 하면서 어떻게 부도덕한 생각을 하지 않을 수 있죠?"

"좋은 질문이군." 존이 끼어들었다.

"분명히 말하지만, 아가씨, 영화나 텔레비전 쇼에 나왔던 여배우들 중에서 대단히 존경받을 만한 사생활을 영위하는 사람들이 있다는……"

"한 명이라도 이름을 대보시지." 존이 중얼거렸다.

"저는 한 번도 텔레비전을 본 적이 없어요." 멜로디가 말했다. "영화도 본 적 없고요. 연극도 보지 못했어요. 아빠가 말씀하시길, 영화나 텔레비전, 책 같은 것들이 요즘 젊은 사람들의 마음을 그렇게 더럽히는 거랬어요." 그녀는 능글능글 웃는 존을 보았다. 그가 그녀를 싫어하는 만큼 그녀도 그를 싫어했다. "오, 당신 지금 비웃고 있군요. 나는 그런 사람들에게 익숙해요. 비웃는 사람들이 있을 거라고 아빠가 말씀하셨어요. '괜찮아, 그들이 비웃어도 내버려두렴.' 아빠가 제게 해준 말씀이에요. '마지막에 웃는 사람은 네가 될 거야, 우리 예쁜 딸, 너는 천국에 갈 거고 그들은 지옥으로 떨어질 테니까.'"

*

어떻게, 왜 그랬는지는 모르겠지만, 우리는 계속 나아갔다. 무슨 일이 벌어지건 그저 계속 나아가는 것이 아마추어 극단의 기본 규칙인 것 같았다. 사실 마스크 앤드 위그 클럽이 겪었던 최악의 사태는 〈로마〉가 아니었다. 그보다 훨씬 끔찍한 일이 소포클레스의 〈오이디푸스 왕〉에서 발생했다. 그러나 그건 또다른 이야기다. 일단은 노스 크로퍼드 세이빙 앤드 론 협회의 회계 담당자가 예금주들이 보는 앞에서 침대 시트만 몸에 두른 채 일어나, 의도하지 않게 자신의 어머니와 결혼했다는 사실을 알고 눈알을 뽑아버렸다고만 말해두자.

아서 가비 얼름의 연극이 진행되는 동안 우리는 멜로디를 달래 연극을 그만두게 하려고 노력했지만 그녀는 그만두려 하지 않았다. "싫어요." 그녀가 말했다. "시작했으니 끝까지 가야 해요. 아빠가 제게 이렇게 말씀하셨어요. '얘야, 시작한 것은 무엇이든 끝을 내야 한단다. 내가 부탁하고 싶은 것은 단 하나, 절대로 내게 수치심을 안겨줄 일은 하면 안 된다는 거야.'"

그리고 샐리는 멜로디에게 그녀가 극본에 따라 브라이스와 존과 내게 입을 맞추기로 한 장면이 어디인지 에둘러 설명하기 시작했다. 다만 멜로디는 리허설 때 키스를 하지 않을 것이었다. 오직 연극이 무대에 오르는 날에만 그렇게 할 예정이었다.

"어쨌든 괜찮은 규칙인 것 같아요." 샐리가 말했다. "나는 절대 〈라 론데〉를 잊지 못할 거예요."

〈라 론데〉는 오스트리아의 극작가 아르투어 슈니츨러의 작품으로, 빈의 모든 사람이 그곳에 사는 다른 모든 사람들과 연애하는 내용의 연극이었다. 한때 이 클럽에서 그 연극을 순화된 내용으로 무대에 올리려 한 적이 있었다.

리허설이 진행되는 동안 모든 배우들이 다른 모든 배우들과 키스를 했고, 그때 마침 아시아 독감이 유행했다. 우리는 결코 그 연극을 올릴 수 없었다. 독감에 걸리지 않은 배우를 한 명도 찾을 수 없었기 때문이었다.

*

멜로디는 자신의 아버지를 기소한 대배심과 그 모든 상황에 대해 어떤 감정을 품고 있었을까? 첫번째 대배심이 열린 날 밤에 그녀가 그 문제에 관해 언급했다. 우리는 대단히 조심스럽게 멜로디와 아버지의 종교가 정확히 무엇인지 알아내려 노력했고, 그녀의 아버지가 어떤 교회에도 소속되어 있지 않다는 사실이 드러났다.

“우리 아빠는,” 그녀가 말했다. “그저 성경을 읽고 거기에 나온 말씀대로 살아요.” 그런 다음 그녀가 울기 시작했다. “오클라호마 주에서 가장 고귀한 도덕성을 갖춘 분이에요. 오, 재판이 시작되면 자신들의 시커멓고 교활한 잘못을 마지못해 인정하는 사람들이 나타날 거예요. 나는 우리 아빠를 알아요. 재판이 시작되면 온 세상이 우리 아빠에 대해 알게 되겠지요. 그들은 새하얀 말을 탄 성인聖人을 보게 될 거예요. 감옥에 들어가는 사람은 마음이 음흉하고, 위스키에 취하고, 담배를 피우고, 여자 뒤꽁무니를 쫓아다니는 사람들, 거짓말로 아빠를 고소했던 바로 그들이 될 것이고, 나는 웃고 또 웃게 될 거예요. 바벨에 있는 모든 깃발이 휘날리고, 모든 교회 종이 울리고, 보이스카우트 대원들이 퍼레이드를 하고, 오클라호마의 주지사가 ‘오늘을 프레드 러벌의 날로 선언합니다’라고 외칠 거예요.”

멜로디는 마음을 추스렸다. "한번 잘해보자구요." 그녀가 말했다.

"어머니는 돌아가셨지요, 그렇죠, 아가씨?" 샐리가 물었다.

"로스앤젤레스에 있어요. 죄 많은 인생을 살면서 말이에요. 제가 두 살 때 아빠가 내쫓아버렸어요." 그녀가 조그만 코에 수건을 대고 풀었다.

"내쫓아요?"

"더러워서요." 멜로디가 말했다. "마음과 행동이 모두 더러워서요."

*

얼름의 연극은 어느 날 밤 로마 거리의 한 모퉁이 장면으로 시작한다. 착한 병사 브라이스 워머그랜이 가로등 아래 서 있는 매춘부를 보게 되는데, 그는 너무 순진해서 그녀가 무엇을 하는 여자인지 알아차리지 못한다. 여자는 젊고 아름다웠고, 난생처음 와인을 마시고 있던 남자의 눈에 그녀는 무척 거룩해 보인다.

"로마의 밤에 활짝 핀, 아름다운 이 꽃은 과연 무엇이오?" 그가 말한다. 그는 착한 병사이자 시인이다. 브라이스는 처음부터 자기가 맡은 역할의 대사를 잘 읽었다. 억지로 꾸며낸 듯한 모습이 하나도 없었다. 그는 멜로디에게 푹 빠져 있었다.

멜로디가 그에게 대답한다. “로마에는 밤에 피는 꽃이 무척 흔하답니다. 그런데 당신 얼굴이 무척 섬세하네요, 군인 아저씨. 자신이 무슨 꽃을 꺾을지 다른 사람보다 더 잘 아는 분 같아요.”

그러면 브라이스가 꽃은 꺾는 게 아니라는 둥, 꽃은 원래 있던 자리에서 자라게 놔둬야 한다는 둥, 그래야 다른 사람들이 꽃을 감상할 수 있다는 둥, 쓸데없는 말들을 주절주절 늘어놓는다. 그러고 나서, 전쟁은 사람들이 돌아다니면서 사방의 꽃들을 뿌리째 뽑아버리는 시기라며 또다른 이야기들을 이어간다.

결론은 이렇다. 난생처음 남자가 정중한 태도로 말을 걸어준 덕분에 여자는 난생처음 자존감을 얻는다. 한편 브라이스에게는 군대에서 받은 석 달치 위험수당이 있다. 그는 그것을 몽땅 그녀에게 주면서도 키스조차 원하지 않는다. “이유는 묻지 말아요.” 그가 그녀에게 말한다. “꿈속에서 한 행동에 대해서는 설명하지 않아도 된답니다.” 그는 잠시 말을 멈춘다. “전쟁에서도 그렇고요.” 다시 말을 멈춘다. “인생에서도 그렇지요.” 얼름의 극본에 따라 그는 또다시 말을 멈춘다. “사랑에서도 그렇고요.” 그는 그 말을 남기고 어둠 속으로 사라진다.

*

그다음엔 나쁜 병사 존 셔우드가 주먹이 길바닥에 거의 닿을 듯 구부정한 자세로 건들거리며 등장한다. 그러고는 술에 취해 엉망진창인 상태로 검은 시가를 피워댄다. 탈영하여 암시장에서 거액을 벌어들인 그는 담배와 나일론, 초콜릿 바로 가득찬 서류 가방을 들고 있다.

멜로디는 브라이스가 사라진 방향을 계속 바라본다. 새로이 발견한 자존감 때문에 얼굴에서는 여전히 빛이 난다. 그리고 존이 그녀의 뒤쪽에서 몸을 불쑥 내밀며 말한다. "영어를 아주 잘하는군, 귀여운 아가씨."

"네?" 그녀가 되묻는다.

"그대만큼 영어를 잘하는 아가씨는 양키 병사들을 상당히 많이 알 거라고."

"내가 저 남자와 이야기하는 것을 들었나요?"

"당신이 저 애송이와 이야기하는 것을 들었지. 아직 애송이라고, 어린애지. 아가씨가 애송이와 남자의 차이를 모른다면 대체 누가 알까?"

"무슨 말인지 모르겠네요."

존이 그 유명한 창꼬치를 닮은 미소를 날린다. 그리고 결론은 이렇다. 그가 다시 그녀의 자존감을 무너뜨리고, 그들은 함께 퇴장한다.

*

우리에게 극본을 팔아 로열티를 챙긴 회사는 보스턴에 있었는데, 그들은 우리 연극에 대단한 관심을 보였다. 우리는 〈로마〉를 무대에 올리는 첫번째 아마추어 극단이었다. 그 회사에서 내게 편지를 보내 특별히 어려운 점은 없는지 물었다.

나는 잠시 샐리의 가게에 들러 그 편지를 보여주었다. "특별히 어려운 점이라……" 샐리가 말했다. "그거 정말 아이러니하네요."

"그저 아서 가비 얼름의 실수가 있는지 알고 싶은 것 같아." 내가 말했다. "오클라호마 주의 바벨에 대해 듣고 싶어하는 게 아니라."

"나도 처음 들어보는 이름이면 좋겠는데요." 그녀가 말했다. 리허설이 다섯 주째로 접어들었고, 공연까지는 일주일을 남겨두고 있었다. 그리고 멜로디 덕분에 이 연극에서는 썩은 냄새가 풍겼다. 아주 형편없었다는 말이다.

"어쩌면 연극을 취소해야 하는 건지도 몰라." 내가 말했다.

"그렇게 하지 않아도 뉴햄프셔는 충분히 우울해요." 그녀가 말했다. "겨울이 오고 있잖아요."

문제는, 멜로디가 등장인물의 성격 변화를 전혀 보여주지 못한다는 사실이었다. 얼름이 극본을 쓴 방식을 살펴보면 가장 중요한 사건은 한 매춘부에게 일어나는 변화, 즉 남자들로부터 이렇게 혹은 저렇게 대접을 받은 후 겪게 되는 자기 자신에 대한 생각의 변화였다. 극본 앞에 쓰인 짧은 서문에서 얼름은 이렇게 서술했다. "〈로마〉에 생동감을 불어넣으려면, 벨라의 영혼이 관객들에게 찬란하게 빛나는 만화경—지옥에 있는 거울에 흐릿하게 비친 만화경—처럼 보여야 한다. 벨라는 전쟁으로 갈가리 찢긴 나라에서 살아가는 궁핍하고 의지할 데 없는 젊은 여성이며, 만약 그런 그녀가 지닐 수밖에 없는 모든 스펙트럼 중 색깔 한 줄만 빠진다 해도, 〈로마〉는 실패할 것이다."

나는 얼름의 서문을 샐리에게 읽어주며 멜로디가 만화경이 무엇인지는 알고 있느냐고 물었다.

"알고 있어요." 샐리가 말했다. "스펙트럼이 무엇인지도 알고요. 단지 여자가 무엇인지 모를 뿐이죠."

"때때로 여자가 어때야 하는지 모른다는 말이지?" 내가 물었다.

"좋을 대로 생각하세요." 샐리가 말했다.

우울한 침묵이 흘렀다. 늦은 오후였다. 갑자기 샐리가 손을 입에 가져다 대며 "안 돼요, 안 돼, 안 돼, 안 돼!" 하고 말했다. 멜로디를 흉내내는 거였다. 리허설중에 브라이스나 존에게 키스를 해야 하는 장면에 이를 때마다 멜로디가 하던 행동이었다.

그리고 멜로디는 키스 장면 이외에서도 그리 나은 모습을 보여주지 못했다. 남자들이 그녀에게 무슨 말을 하고 무슨 행동을 해도, 그녀는 아버지를 부끄럽게 할 일을 절대로 하지 않는, 프레드 러벌의 딸이었다.

"잔 다르크 역을 맡길걸 그랬군." 내가 말했다.

샐리가 코웃음을 치며 내게 물었다. "왜 성녀 잔 다르크가 마취 주사를 잔뜩 맞은 사람처럼 무감각할 거라고 생각하는 거죠?"

*

하지만 우리는 계속 나아갔다. 무슨 일이 벌어지든 간에 말이다.

그런 상황에 맞게, 어쨌거나 모두들 자기 대사는 알고 있었다. 나는 드레스 리허설 전 마지막 리허설에서 누군가 꼭 하는 바로 그 말을, 드레스 리허설 전 마지막 리허설에서 샐리에게 했다. "자, 이제 무대에 올리기만 하면 돼."

"문제는 말이에요, 이 연극이 무엇에 관한 거죠?" 그녀가 물었다. 정곡을 찌르는 말이었다. 무대 위의 멜로디는 본래의 멜로디였고, 브라이스는 본래의 브라이스였고, 존은 본래의 존이었고, 나는 본래의 나였다. 하지만 아무튼 우리는 모두 로마에 도착했다. 그리고 가끔 우리 중 하나가 입을 열면, 나오는 것이라고는 무엇과도 관련 없는 으시시한 말들뿐이었다. 외계에서 날아온 말들, 다른 세상에서 온 말들, 아서 가비 얼름의 말들이 튀어나왔다.

내가 이제 무대에 올리기만 하면 된다고 말했을 때, 리허설은 아직 진행중이었다. 나는 등장할 필요가 없는 장면이었다. 때마침 나는 존이 거느린 수많은 여자친구들 중 한 명 옆에 앉아 있었다. 그녀의 이름은 마티였고, 사우스 크로퍼드에서 온 식당 종업원이었다. 존의 추종자들 중 거의 절반이 그러한 것처럼, 한두 번쯤 콧대가 꺾인 경험이 있는 여자였다. 그의 여자친구들 중 절반 정도가 마티라는 이름으로 불린 것 같았다.

이 특별한 마티는 팔꿈치로 내 옆구리를 푹 찌르더니 이렇게 말했다. "저 브라이스 워머그랜이란 사람 아주 웃기네요, 안 그래요?" 그러고는 미친듯이 웃어댔다. 그녀는 그 연극이 매우 재미있다고 생각했다.

그리고 브라이스는 정말 재밌게 행동했다. 하느님, 우릴 도우소서. 그는 절대로 손대지 말라는 문구가 달린, 파리의 마시멜로 아이스크림 석고 모형 같은 멜로디에게 푹 빠져 있었다. 그는 그라우초 막스*처럼 무릎을 살짝 구부린 자세로 멜로디 주변을 어슬렁거리며 끈적끈적한 눈빛으로 그녀를 올려다보았다. 극본에 제시된 얼름의 지시를 따른 것이었는데, 그 내용은 이랬다. "벤은 착한 병사이고, 그 소녀처럼 변화무쌍한 영혼을 지녔다. 반드시 기억해야 하는 것은, 그가 시인이며 원래 시인의 열정이란 절

* 미국 희극배우(1890~1977).

대로 예측할 수도, 통제할 수도 없는 것이라는 사실이다."

마티는 혹시 멜로디가 아버지의 재판에 대해 걱정하지 않느냐고 내게 물었다. 나는 재판이 언제 열릴지는 아무도 모른다고 대답했다. 신문 보도에 따르면, 정부가 바벨에 조사팀을 꾸렸고, 프레드 러벌이 무엇을 어떻게 했는지 정확히 알아내기까지 수년이 걸릴 거라고 했다.

"멜로디의 의견에 따르면," 내가 말했다. "자기 아버지는 절대로 결백하답니다. 아버지가 나쁜 짓을 저질렀다고는 꿈에도 상상하지 않고, 그래서 전혀 걱정도 하지 않아요." 나는 어깨를 으쓱했다. "그리고 누가 알겠습니까. 그가 빠져나가게 될지 말이죠."

"그래요." 마티가 말했다. "아이히만* 말고는 요즘 다들 빠져나오는 것 같아요. 러벌은 지금 풀려난 상태인가요? 아니면 감옥에 있나요? 어떤가요?"

"제 생각으론 보석금이나 뭐 그런 걸로 풀려난 것 같습니다만." 내가 말했다.

"다들 그렇게 하죠." 그녀가 말했다.

바로 그때 프레드 러벌이 객석으로 걸어들어왔다.

---

* 아돌프 아이히만(1906~62). 나치의 유대인 학살범. 제2차세계대전에서 독일이 항복한 뒤 아르헨티나로 도망쳤으나 이스라엘로 압송되어 교수형에 처해졌다.

*

나는 그가 누구인지 곧바로 알아차렸다. 신문과 텔레비전에 그의 사진이 여러 번 나왔기 때문이다. 그는 땅딸막한 체구에 얼굴이 달덩이 같았다. 코는 작고 뭉툭했으며 이마는 상당히 벗겨진 상태였다. 렌즈가 25센트짜리 동전 크기만한 금속테 안경을 끼고 있었다. 또한 품이 아주 넉넉한 더블 재킷 양복을 입었는데, 마치 합판 조각으로 만든 것처럼 보였다. 그는 표정이 딱 하나뿐이었다. 빅토리아 여왕처럼 언짢은 듯 매섭게 노려보는 표정이었다.

내가 앞으로 나가 그를 맞았다. 그의 가슴 주머니에는 만년필이 빼곡히 꽂혀 있었는데 한쪽 옷깃은 은하수처럼 반짝거렸다. 거기에는 각종 공제회와 봉사 기관을 상징하는 핀들이 최소 열두 개는 꽂혀 있는 것 같았고, 그중에서 닥터페퍼 병따개를 발견했다 해도 그리 놀랍지 않을 것이었다. 하지만 프레드 러벌에게서 가장 인상 깊었던 점은 지독한 술냄새였다.

나는 모두에게 주의를 주려고 일부러 요란스럽게 그를 맞이했다. "러벌 씨! 이렇게 깜짝 방문을 해주시다니 정말 기쁘네요!" 내가 외쳤다. "당신이 오실 줄은 꿈에도 몰랐답니다!"

객석 조명이 켜지고 연극이 중단되었다. 멜로디가 무대 위에서 즐거운 비명을 질렀다. 그녀는 아버지를 향해 달려오더니 두 팔로 그를 힘껏 껴안았다. 나는 멜로디가 아버지에게서 풍기는 지독한 술냄새에 대해 뭐라고 말할지 궁금했다.

"오, 아빠, 아빠, 우리 아빠." 그녀가 말했다. "또 에프터셰이브 로션을 너무 많이 바르셨네요."

*

샐리가 리허설을 처음부터 다시 하는 게 좋겠다고 말했고, 우리는 그렇게 했다. "러벌 씨," 그녀가 말했다. "어디든 앉아주시면 좋겠어요. 아마 따님이 대단히 자랑스러워지실 거예요."

"항상 자랑스러웠소." 그가 말했다. "그러지 않을 이유가 하나도 없으니까 말이오."

관객석에는 달랑 여섯 명뿐이었고 삼백 석은 빈 의자였다. 러벌이 주위를 살피는데, 마치 휘어지지 않은 당구 큐대를 찾으려 노력하는 W. C. 필즈*처럼 보였다. 그런 다음 그는 내가 방금 일어났던 그 좌석, 존 셔우드의 콧대 꺾인 여자친구 옆에 앉았다.

"당신은 저 연극에서 무슨 역할을 합니까?" 그가 그녀에게 물었다.

"저는 출연하지 않아요." 그녀가 말했다.

---

* 미국 희극배우(1880~1946). 휘어진 큐대로 당구를 치는 코미디로 인기를 끌었다.

"그러면 왜 그렇게 얼굴에 떡칠을 했지요?" 그는 이유를 궁금해했다.

객석 조명이 꺼지기 불과 몇 초 전, 한 낯선 젊은이가 극장 안으로 살금살금 들어와 제일 뒷줄에 앉았다. 머리가 길고 겉옷 단추를 풀어놓은 차림새였는데, 나는 그가 비밀경찰이라고 짐작했다. 아마 프레드 러벌이 도망가지 못하도록 뒤따라왔을 것이다.

*

나는 첫번째 장면에 등장하기 때문에 무대 위로 올라가야 했다. 대사는 없었다. 그저 냉소적인 표정으로 두 번 걸어다니면 끝이었다. 나는 존 셔우드와 함께 무대의 한쪽 끝에서 대기했다. 멜로디는 무대 위 가로등 아래에 서서 무대막이 올라가길 기다리고 있었다.

"으음, 으음!" 존이 내게 말을 걸었다. "이봐, 여자들이 아주 많을 거야." 그는 입맛을 다셨다. "금요일 밤에 할 키스를 기다리느라 좀이 쑤셔 죽을 것 같군! 냠, 냠, 냠, 이봐. 남자가 할 수 있는 최고의 키스가 될 거라고."

"콧대를 세운다는 이유만으로 그녀를 웃음거리로 만들 필요는 없어." 내가 말했다.

"내게 콧대 꺾인 여자를 보여줘." 그가 말했다. "그럼 내가 남자를 즐겁게 해주는 게 중요하다고 생각하는 여자를 보여줄 테니까." 그는 무대 반대편 끝에서 자신이 등장할 신호를 기다리는 브라이스를 보며 고개를 절레절레 저었다. "바로 그 금요일 밤 키스의 기적 때문에 죽어버릴지도 모를 애송이가 저기 있네."

"죽는다고?" 내가 말했다.

"저 애송이에게 무슨 병이든 이겨낼 면역력이 있기나 한지 모르겠거든." 존이 말했다. "어떤 것에도 노출된 적이 없을 테니까."

그때 막이 올라갔다.

멜로디가 가로등 기둥 주변에 둥글게 퍼진 불빛 주위를 빙그르 돌았다. 전에 샐리가 그렇게 하라고 일러주었을 때 멜로디는 이렇게 물었다. "왜요?" 무대 의상은 입지 않았지만, 멜로디는 기다란 끈이 달리고 반짝거리는 커다란 에나멜 가죽 지갑을 흔들었다. 그녀의 생각이 아무리 순수하다 해도, 브라이스 워머그랜을 제외한 모든 사람들은 그게 무슨 의미인지 알아차릴 수 있었다.

바로 그때 누군가 요란하게 외쳤다. "와하!" 존의 여자친구였다. 그녀는 이 연극을 무척 좋아했다.

그리고 그때, 무대 위에 있던 사람들 중 누군가가 무슨 말을 꺼내기도 전에, 프레드 러벌의 끔찍한 탄식이 들려왔다. "당장 막 내려!" 그가 고함쳤다.

*

무대막이 무너지듯 내려왔다. 그리고 객석에 조명이 켜졌다. 클럽의 회장인 내가 그 미친 남자와 말씨름을 벌이기 위해 나섰다. 그가 벌떡 일어났다. 얼굴이 붉으락푸르락했다. 트렌치코트를 풀어헤쳐 입은 낯선 젊은이도 따라서 일어났다.

"이 추잡한 연극을 끝내!" 러벌이 소리쳤다.

"선생님?" 내가 말했다.

"우리 예쁜 딸을," 그가 말했다. 그의 목이 멨다. "내 인생에서 가장 완벽한 작품인데, 내 인생에서 유일하게 완벽한 딸인데, 그애를 저런 가로등 아래 세워두고 지갑을 흔들게 하다니! 나는 즐겁지 않아. 전혀 즐겁지 않다고!"

멜로디가 겁에 질려 몸이 뻿뻿하게 굳은 채로 무대 뒤에서 나왔다.

"너는 당장 여기서 나가야 해!" 러벌이 그녀에게 말했다.

"함께 바벨로 돌아가나요, 아빠?"

"넌 네 고모 집으로 가게 될 거야."

"아빠와 함께 갈 수는 없어요?"

"아직은 아니란다, 예쁜 내 딸. 나중에 같이 가자꾸나. 어쨌든 너는 이 사람들에게서 떨어져야 해. 저런 사람들과 어울리면 안 돼! 네게 좋은 사람들이 아니야, 알아듣겠니?"

"알겠어요." 멜로디는 반박하지 않았다. 그녀가 아버지의 팔을 잡았고, 두 사람은 함께 나갔다.

그들이 떠나자 낯선 젊은이도 자리를 떴다. 그가 문을 세게 닫았다.

나는 샐리를 보았다. "당신의 추잡한 마음속으로 무슨 생각을 하고 있지?" 나는 그녀에게 물었다.

"그가 울고 있었어요." 샐리가 말했다.

"내가 보기엔 눈물 한 방울도 흘리지 않던걸."

"지금 누구 이야기를 하는 거예요?" 그녀가 말했다.

"러벨 씨 말이야." 내가 말했다. "타르튀프 같으니." 타르튀프는 우리가 한때 무대에 올린 적 있는 프랑스 연극의 위선자였다.

"난 트렌치코트를 입은 젊은이에 대해 말한 거예요." 그녀가 말했다.

"비밀경찰은 말이지," 내가 그녀에게 말했다. "절대 눈물을 보이지 않아."

*

다음날 저녁, 그와 관련된 기사가 모든 신문에 실렸다. 프레드 러벨이 정의를 피해 도망쳤다는 내용이었다. 그는 보석중에 자취를 감춰버렸고, 멜로디를 고모 집에 데려다준 다음 곧장 캐나다 국경을 넘어 몬트리올로 갔다. 그리고 그곳에서 브라질로 가는 비행기에 몸을 실었다.

신문들은 그가 지불한 보석금 8만 달러가 몰수되었다고 전했다. 하지만 그건 러벌의 돈이 아니라 아직도 그를 믿는 바벨의 선량한 시민들에게서 긁어모은 돈이었다.

한쪽에는 또다른 지저분한 기사가 사진과 함께 조그맣게 실렸다. 사진 속 여인은 프레드 러벌의 애인으로, 젊고 화려했다. 구식 자동차에 달린 안테나 같은 속눈썹에, 다이아몬드가 박힌 기다란 귀걸이를 하고, 샴페인 색깔 머리카락을 올린 모습이었다. 그녀가 뉴올리언스에서 브라질행 비행기를 타는 모습이 목격되었다.

"이게 연극에 어떤 영향을 주는데?" 아내가 저녁을 먹으며 내게 물었다.

"아무것도 남은 게 없지, 연극에 영향을 주기엔 말이야." 내가 말했다.

"정말 궁금한 게 있는데 물어보기 겁이 나네."

"이 기사가 멜로디에게 미친 영향에 대해서?" 내가 말했다. "하느님만 아시겠지. 샐리가 하루종일 그녀에게 전화를 걸고 있지만 받지 않을 거야. 방문을 잠가버렸어."

"밖에서 잠가놓은 거야, 아니면 안에서 잠근 거야?"

"좋은 질문이야. 안에서 걸어잠갔대."

전화벨이 울렸다. 내가 받았다. 존 셔우드의 전화였다. 그는 그날 밤 드레스 리허설이 있는지 궁금해했다.

"자네 생각은 어때?" 내가 물었다.

"글쎄, 내게 좋은 생각이 하나 있어." 그가 말했다. "사방에 연극 포스터가 붙어 있고 홍보도 몇 주째 계속되었고, 티켓도 실제로 팔려나갔지. 무대 세트와 의상에 수백 달러나 들었고."

"그런 소식이라면 이미 알고 있네, 존."

"내 여자친구가 벨라 역을 하면 어떨까?" 그가 말했다.

"마티?" 내가 말했다. "연기할 줄 알아?"

"멜로디는 연기를 할 줄 알았나?" 존이 말했다. "마티는 최소한 그 연극이 무엇에 관한 것인지는 알고 있어. 사실상 모든 리허설을 봤다고. 삼 일만 나와 함께 연습을 하면, 금요일에는 무대에 올라갈 준비가 다 되어 있을 걸."

"해볼 만하겠네." 내가 말했다. "내가 사람들에게 전화를 걸어 오늘밤 예정대로 드레스 리허설이 있을 거라고 알리지."

"꼭 연극을 올려야 해." 존이 말했다.

"뭐든 되겠지." 내가 말했다.

*

그날 밤 강당으로 돌아갔을 때 낯선 젊은이가 또다시 뒷줄에 앉아 있었다. "한 가지 물어봐도 될까요?" 내가 말했다.

"그러시죠."

"대답하면 안 될 수도 있고, 혹은 제가 물어서는 안 되는 것일 수도 있지만, 비밀경찰이십니까?"

"제가 비밀경찰 같아 보이나요?"

"아직 확신한 건 아니고요." 내가 말했다.

"그렇다면 대답은 당신 판단에 맡기지요." 그가 말했다.

"만약 프레드 러벌을 쫓고 계시다면, 이렇게 말하기는 좀 그렇습니다만, 그 새는 이미 날아가버린 것 같은데요."

"운이 나쁘군요." 그가 말했다.

대화는 거기서 끝났다. 나는 내 일에나 신경쓰며 앞으로 나갔다. 아직 리허설 시작 전이었는데 존의 여자친구가 가로등 아래에 서서 준비를 하고 있었다.

"저 여자는 어떨 것 같아?" 내가 샐리에게 물었다.

"노스 크로퍼드 마스크 앤드 위그 클럽이 생긴 이래 처음으로 경찰의 불시 단속이 있을 것 같군요." 샐리가 말했다.

그녀의 말이 무슨 뜻인지 나는 알았다. 마티가 아서 가비 얼름의 명작을 조야하기 짝이 없고 지저분한 저질 연극으로 만들어버리고 있었다.

"브라이스도 마티를 보았나?" 내가 물었다.

"눈처럼 하얗게 질려서는 사라져버렸어요. 짐작건대 지하실 어딘가에 웅크리고 있을 것 같군요."

바로 그때 멜로디가 걸어들어왔다. 눈동자가 빨갛고 눈 밑이 어두웠지만 대단히 침착했다. 가짜 속눈썹을 달고 마스카라를 진하게 칠했으며 뺨에 볼연지를 동그랗게 발랐다. 그리고 입술은, 글자 그대로 진한 선홍색이었다.

소녀가 발산하는 광채가 너무나 비극적이고 엄숙해, 모두 그녀에게 길을 비켜주었다. 마티는 멜로디를 보자마자 한마디 말도 없이 가로등에서 슬그머니 물러났다.

멜로디는 무대 위로 올라가 발치의 조명 너머로 우리를 내려다보더니 한동안 눈을 감았다가 다시 떴다. "시작해볼까요?" 그녀가 말했다.

*

오, 하느님 맙소사. 정말 멋진 연기였다! 멜로디는 실제보다 열 배는 더 근사했다. 그녀가 성냥팔이 소녀부터 막달라 마리아에 이르기까지 세상의 모든 여성상을 보여주자 관객들은 소리 내 흐느꼈다.

키스를 해야 하는 순간이 되었을 때, 그 소녀는 키스했다. 그녀가 처음으로 브라이스에게 입을 맞추자 그는 비틀거리며 무대 끝 대기 장소로 돌아왔다. 눈 흰자위만 겨우 보였다. 그녀가 처음으로 존에게 키스했을 때 그는 그런 일에 익숙하다는 듯 능숙하게 무대에서 퇴장했다. 하지만 관객들의 시야에서 멀어지자 풀썩 무릎을 꿇고 앉아 손으로 바닥을 짚었다.

멜로디가 첫번째 막을 마쳤을 때 나는 두 팔로 그녀를 안았다. "우리 클럽 최고의 배우야!"

"내가 정말 벨라가 된 것 같아요." 멜로디가 말했다. "나는 휴지조각이에요! 나는 쓰레기예요!" 그녀는 내 품에서 벗어나 존에게 달려가더니 그의 목에 팔을 둘렀다. "나는 당신에게 필요한 사람이고, 당신도 내게 필요한 사람이에요." 그녀가 말했다. "나와 함께 달아나요." 그녀가 말했다.

존이 마다할 이유는 없었다. "물론이지, 자기." 그가 말했다. "당신과 나, 물론이지. 물론이야."

그 순간 객석 쪽 문이 열리더니 그 낯선 젊은이가 들어왔다. 그는 다른 누구보다도 흥분한 것 같았다. 그가 존을 밀어내고 멜로디를 감싸안았다. "지금껏 내가 사랑했던 어떤 여자보다 더 당신을 사랑합니다! 당신에게 결혼해달라고 말하지는 않을 거예요. 당신은 나와 결혼해야만 합니다. 선택의 여지가 없어요! 꼭 그렇게 해야 해요!"

"존 에드거 후버*가 이 사실에 대해 알 때까지 기다려요." 내가 말했다.

"그 사람이 무슨 상관이지요?" 그가 물었다.

"당신은 내가 아는 한 가장 자유로운 비밀경찰이군요." 내가 말했다.

"난 비밀경찰이 아닙니다." 그가 말했다.

"그럼 누구시죠?" 내가 물었다.

"전 극작가입니다." 그가 답했다. "이름은 아서 가비 얼름이고요."

* 냉전 시대 정치인 사찰로 유명했던 미국 연방수사국(FBI)의 국장. 1924년 29세에 취임해 1972년 사망할 때까지 48년간 재직했다.

Episode #3

강가의 에덴동산

숲속에서 사냥꾼이 그들 곁을 지나갈 때 소년과 소녀는 서로 아무런 관계도 없는 척, 새들을 찾아 서로 다른 길을 가는 중인 척했다. 사냥꾼은 장난스러운 표정으로 두 사람을 힐끗 쳐다보았다. 그의 표정에는 그가 전혀 속지 않았으며, 젊은 연인들을 보면 그들이 연인이라는 사실을 알 뿐만 아니라 좋게 보기까지 한다는 사실이 고스란히 드러났다.

사냥꾼이 지나가자, 두 사람은 다시 돌멩이를 가지고 게임을 하기 시작했다.

소년은 열일곱 살, 키가 껑충했고, 아직도 자라는 중이라 집에서 만든 발판 사다리처럼 영 볼품이 없었다. 손목은 굵었지만 어깨는 여전히 좁았다. 손발이 크고 다리가 길어서 성큼성큼 숲을 헤치며 걸어가는 폼이 마치 죽마를 탄 사람 같았다. 자신이 그토록 오랫동안 공중에 높이 떠 있다는 사실에 놀란 어린아이처럼 달콤하면서도 심각한 표정이었다.

그는 길에서 한 발짝 물러나 나무에 등을 기댔다. 가쁘게 숨을 몰아쉬면서, 행복하지만 경계를 늦추지 않으며 소녀가 돌멩이를 차기를 기다렸다.

돌멩이는 개똥지빠귀 알처럼 작고 파랬다. 원래 길에서 자라는 축축한 이끼 위에 놓여 있던 것이다. 소년과 소녀는 돌멩이를 발견한 집 앞 진입로부터 숲속까지, 서로 번갈아 돌을 차면서 1.5킬로미터를 걸어왔다.

이제 돌멩이가 있는 곳에서 15미터쯤 떨어진 지점에서 길이 끝나고 강이 이어졌다.

소녀는 열아홉 살, 몸집이 작고, 성숙했으며, 팔다리가 매끈했다. 돌멩이를 향해 걸어가 목표를 조준하고 그걸 발로 차는 데 집중하느라 사랑스러운 얼굴이 웃음기 하나 없이 찌푸려졌다.

돌멩이가 길 위로 경쾌하게 굴러가자 소년은 허둥지둥, 두 팔을 이리저리 휘저으며 그 뒤를 따라 내달렸다. 소년은 상상 속의 상대 선수를 속이고, 휙휙 제치고, 막아내고 하더니 다시 돌멩이를 발로 찼다.

돌멩이는 나지막하게 빠른 속도로 날아가 강물을 때리고는 가라앉아 희미한 빛과 함께 순식간에 시야에서 사라졌다.

소년은 몸을 돌려 그 누구도 그런 남자다움을 이 세상에 보여준 적이 없다는 듯 소녀를 향해 승리의 미소를 지었다.

소녀의 눈빛은 그를 실망시키지 않았다. 그 속에 사랑과 감탄이 가득했다. "넌 그걸 그렇게 멀리 차지 말아야 했어." 그녀가 말했다. "강까지 곧장 차버리면 안 되는 거였다고. 난 그 돌멩이가 좋아. 갖고 싶었단 말이야."

"집에 돌아가는 길에 다른 돌멩이를 차도 되잖아." 소년이 말했다. "그걸 가지면 되지."

"그렇게 괜찮은 걸 찾기는 힘들 거야." 소녀가 말했다.

"돌멩이는 돌멩이일 뿐이야." 소년이 말했다.

"그렇게 말하는 어떤 남자처럼 말이지." 소녀가 대꾸했다. "어떤 여자는 무엇을 남겨두고 무엇을 버려야 할지 알아." 소녀는 강둑 위 평평한 바위에 앉아 자기 옆자리를 톡톡 쳤다. "여기 앉아. 물기가 없어."

소년은 자리를 이리저리 살피더니 소녀에게서 조금 떨어진 다른 곳에, 햇빛이 들지 않고 물컹거리고 갈대 밑동이 뾰족뾰족 솟은 곳에 앉았다.

"거기 앉는 게 정말 편해?" 소녀가 물었다. "햇살이 쬐는 곳에 앉는 게 더 낫지 않아?"

"괜찮아." 소년이 말했다. "진짜야." 그는 불편한 느낌과 소녀에게서 떨어져 있다는 사실에 묘한 즐거움을 느꼈다.

"에덴동산이 바로 이랬을 거야, 사과 사건 이전에는." 소녀가 말했다. "단순하고, 깨끗하고."

"그래." 소년이 말했다.

단둘이 있을 때 애정이 담긴 말로 그 순간을 아름답게 꾸미려고 하는 사람은 소녀였다. 소년은 관심도 없는 듯 무뚝뚝하게 겨우 예의만 차려 대답했다. 그의 머릿속은 오만과 평화가 뒤죽박죽 섞인 채 막연하고 희미했다.

"오직 두 사람, 그리고 동물과 식물." 소녀가 말했다. "이렇게 조용하고." 그녀는 신발을 벗고 다리를 쭉 뻗어 발가락을 강물에 담갔다. "우리가 하는 모든 말은 인간이 처음 하는 말이 되는 거야. 모두 우리에 관한 거지." 그녀가 말했다. "어딜 가든 아무도 없으니까."

"으음." 소년이 말했다. 그는 소녀의 분홍색 발가락과 종아리의 곡선에서 무심히 눈길을 돌리고 호주머니에 있던 작은 칼을 꺼내 어린 나무의 껍질을 벗겼다. "우리가 어디 있는지 궁금해하실 텐데." 그가 말했다.

"우린 우리가 있어야 할 곳에 있어." 소녀가 대답했다.

"어떤 변명을 지어내야 할지 모르겠어." 소년이 말했다. "이렇게 달아나서, 정신 나간 애들 한 쌍처럼 돌멩이나 걷어차면서 말이야."

"지어낼 필요 없어." 소녀가 말했다. "우린 어린애가 아니잖

아. 오늘이 바로 우리가 어린애이기를 그만두는 날이고."

그는 기분이 이상하다는 듯 고개를 설레설레 저었다. "미친 소리야! 그런 일보다는 달나라에 가는 게 일어날 가능성이 더 커 보여."

"난, 그냥 일어나는 일들이 좋아." 소녀가 말했다. 그녀는 이미 일어난 일들에 대해 더는 놀라거나 어리둥절해하지 않는 것 같았다.

소년은 그 수수께끼 같은 말을 곱씹으며 얼굴을 찌푸렸다. "정말 미친 짓이야." 그가 말했다. "나는 그저 다른 사람들과 마주치지 않으려고 집으로 들어오는 진입로에 서 있었을 뿐이야. 아무 생각도 하지 않으면서 말이지. 그런데 그 돌멩이를 본 거야. 그런 다음 누나가 나왔고. 내가 그 돌을 발로 찼고, 누나도 찼고……"

"그리고 우리는 여기까지 왔지." 소녀가 말했다. "창문 너머로 너를 한참 동안 보고 있었어."

"누나가?" 그가 말했다.

"내가 보고 있는 걸 눈치채지 못한 거야?" 소녀가 말했다. "난 사람들이 쳐다보면 항상 느껴지던데."

소년은 나무 깎기를 멈추고, 자신을 몰래 훔쳐보는 소녀를 떠올리다 얼굴을 붉혔다. "나는 누나가 어디 다른 세상으로 가버렸다고 생각했어." 그가 말했다. "누나가 해야 할 일이며, 생각해야 할 모든 일들도."

"나는 너를 보고 있었어." 소녀가 말했다. "키도 크고, 잘생겼고."

"우습게 생겼지." 소년이 말했다.

"아니, 그렇지 않아." 소녀가 대답했다.

"그렇게 생각하는 사람은 누나밖에 없어." 소년이 말했다.

소년의 자기연민에 짜증이 난 소녀는 고개를 획 쳐들었다.

소년은 부끄러웠다. 잽싸게 일어나 손에 묻은 흙을 털어내며 부끄러운 마음을 감췄다. "이제 돌아가는 게 좋겠어." 소년이 말했다.

"나는 아직 돌아갈 준비가 되지 않았는걸." 소녀가 말했다.

"음, 그럼 누나가 준비될 때 가자." 소년이 말했다.

"서로에게 꼭 해야 할 말이 남은 것 같은데." 소녀가 말했다.

소년은 어깨를 으쓱했다. "난 우리가 지금까지 이야기를 꽤 많이 나눴다고 생각해." 그가 말했다. "서로에게 해야 할 모든 말들을 이미 수백 번이나 했다는 건 누나도 알잖아."

소녀는 강 저편을 바라보다가 뭔가 굉장한 생각이 떠오른 듯 눈을 크게 떴다. "만약 네가 나에게 키스를 하면," 그녀가 아무렇지도 않게 말했다. "그게 필요한 모든 말을 하는 게 되겠지, 싫으니?"

소년은 화들짝 놀랐다. "어째서, 아니, 싫지 않아." 그가 말했다. "지금 말이야?"

"그렇게 해줘." 소녀가 말했다. "그게 좋을 것 같아."

"음, 물론, 물론이야." 소년이 말했다. 그러고는 어기적거리며 소녀를 향해 다가갔다. 앞으로 축 늘어진 두 손이 마치 수영할 때 사용하는 오리발처럼 보였다. 소녀를 내려다보던 소년은 백치가 된 듯한 기분에 사로잡혔다. 그는 씨익 웃고 발을 질질 끌면서 짓궂은 장난이라도 치는 것처럼 다가갔다. "이마에?"

"그게 좋겠네." 소녀가 말했다.

소년은 소녀의 이마에 가볍게 입을 맞추었다. 살포시 떨어지는 낙엽 같은 키스였다. 그가 뒤로 물러서기 전에 그녀는 자신의 뺨을 그의 뺨에 댔다. 소녀의 뺨이 뜨거웠고, 소년의 볼도 불에 덴 듯 화끈거렸다. 그는 그늘지고 푹신하고 나뭇가지투성이인 원래의 자리로 돌아왔다.

"됐지?" 소년이 물었다.

"완벽해." 소녀가 대답했다. "나에게 처음으로 키스를 했네. 왜 그런 거야?"

"어, 그게 무슨……" 소년이 말했다. 그의 두 손이 허공에서 허우적거렸다. "나는…… 글쎄, 하느님 맙소사…… 이건 그런 게 아니라니까. 그냥 그게 다야."

소년이 키스를 한 뒤로 소녀는 줄곧 똑같은 표정이었다. 휘둥그렇게 뜬 눈으로 계속 강물을 바라보았다. "내가 무슨 생각을 하는지 알아?" 소녀가 물었다.

"아니." 소년이 대답했다.

"나는 거의 모든 일이 다 그런 거라고 생각해." 소녀가 말했다. 그녀는 일어나서 신발을 신고 시종일관 그를 향해 미소를 지었다. 마치 소년을 소유하기라도 한 사람처럼 말이다. "그리고 이제 그 말을 했으니까," 그녀가 말했다. "이젠 정말 돌아가야 할 시간이야."

소녀는 어떤 걱정거리를 털어버린 듯했다.

집으로 돌아가는 동안 소녀는 조용했고 묻는 말에 대답도 없었다.

소년이 또다른 돌멩이 하나를 발로 찼다. 하얀 돌멩이가 내리막길 아래로 또르르 굴러갔다. 그는 소녀를 자극하려는 듯, 그녀 앞에서 춤을 추는 사람처럼 돌멩이 주위를 이리저리 움직였다. 소녀가 아무런 관심도 보이지 않자 그는 바보가 된 기분이었다.

소년은 돌멩이를 덤불 속으로 차버린 다음 호주머니에 양손을 깊이 찔러넣고 어깨를 움츠린 채 자기만의 생각 속으로 빠져보려 노력했다.

소년은 혹시 자신이 소녀를 얼마나 좋아하는지에 대해 좀더 이야기하지 않아서, 키스를 한다는 생각을 먼저 하지 못해서 소녀가 화가 난 것은 아닌지 궁금했다. 언젠가 소녀가 그에게 다른 남자를 사랑한다고 말했을 때, 그녀는 그가 무슨 말이라도 해주길 바랐다. 하지만 소년은 거의 아무 말도 하지 않았다. 무언가 말하려 안간힘을 쓰긴 했다. 그러나 그게 무엇이었든 할말은 달아나버렸고 소년은 벙어리가 되어버린 것 같았다.

두 사람은 그 사냥꾼을 다시 만났다. 사냥꾼은 소년과의 거리가 가까워질 때까지 눈을 점잖게 내리떴다. 그러다 갑자기 고개를 들고 소년을 바라보며 윙크를 날렸다. 사냥꾼의 얼굴에 새겨진 주름들이 음란한 한쪽 눈 주변으로 모여들며 소용돌이를 만들었다.

*

소년과 소녀는 크고 하얀 집 현관에서 사십대 후반쯤으로 보이는 깡마른 부인과 마주쳤다. 부인은 결혼식에 참석하는 차림이었다. 그녀 뒤쪽으로, 황혼에 물든 집안에서는 사람들이 은식기에 윤을 내고, 유리잔을 닦고, 화병마다 꽃을 꽂고, 이미 윤기가 흐르는 어두운 빛깔의 목공예품에 묻은 먼지를 떨어내고 있었다. 어딘가에서 진공청소기가 카펫에 코를 대고 킁킁거리며 돌아다니다 굽도리에 부딪혔다.

"어디 갔었니?" 부인이 손에 든 손수건을 쥐어짜며 물었다. 그녀는 기분이 언짢은 듯했다. "하객들이 올 때까지 한 시간도 안 남았어."

"시간은 충분해요, 메리 고모." 소녀가 말했다. "모든 준비가 끝났어요. 수십 번이나 입어봤고, 모든 게 완벽해요."

"만약 네 아버지와 어머니가 살아 계셨다면," 부인이 말했다. "네가 부모님을 이런 식으로 대하지는 않았겠지. 한마디 말도 없이 사라져버리다니."

"해야 할 일이 있었어요." 소녀가 말했다. 그녀는 차분하게 고모를 바라보았다. "꼭 해야 했어요, 메리 고모. 꼭 해야 하는 일이 아니었다면 하지 않았을 거예요."

"내게 말해줄 수 있었잖아." 부인이 말했다.

"그렇게 될 때까지는 그렇게 될 줄 몰랐어요." 소녀가 말했다. "이제 가서 준비할게요." 그녀는 고모를 살짝 스치듯 지나 한 번에 두 개씩 계단을 올라갔다.

"헤이든!" 부인이 소녀를 부르며 따라갔다. "너도 이제 다른 사람들에 대한 책임감을 배워야 해!" 그러고는 소년에게 관심을 돌렸다. "너도 준비하는 게 좋겠구나."

"알겠어요."

"네가 무슨 말을 해야 하는지 알고 있지?" 그녀가 말했다.

"네." 소년이 말했다.

"그 말을 하기 전에 목청을 가다듬어라. 목소리가 갈라지지 않게."

"목소리가 갈라질 일은 없을 거예요."

부인이 안심하는 표정으로 소년을 바라보았다. 근심의 빈자리를 애정이 대신 채웠다. "오, 얘야. 바로 그때 내가 눈물을 흘릴 거란다." 그녀가 말했다. "네가 사람들 앞에서 그 말을 하면 난 울음을 참기 힘들 거야." 부인의 눈가에 눈물이 맺혔다. "모두들 그렇겠지." 그녀가 말했다. "네가 거기 그렇게 똑바로 서서……"

"그래요." 소년은 자신에게도, 부인에게도 부끄러웠다. 그냥 지나쳐 가려고 하는데 그녀가 소매를 잡았다.

"그게 어떤 의미인지, 그러니까 네가 말하려고 하는 게 얼마나 가슴 뭉클한 말인지 알고 있지?" 그녀가 물었다.

부인의 질문과 눈물이 소년을 짜증나게 만들었다. "네, 그럼요. 아마도요." 그가 말했다.

"정말로 알고 있니?" 부인이 격한 말투로 물었다.

"네. 그래요, 그래요, 그렇다고요!" 소년이 소리쳤다. "그렇다고 했잖아요!"

부인이 소년의 소매를 놓고 한발 뒤로 물러났다. "왜 갑자기 화를 내는 거니?" 그녀가 말했다.

소년은 짜증나고 혼란스러운 마음에 팔을 이리저리 흔들어댔다. "나도 몰라요!" 그가 소리쳤다. "사람들은 내게 이리로 가라, 저리로 가라, 하고 말하죠. 뭔가 말해라, 입 다물어라, 일어나라, 앉아라." 소년은 그 결혼식을 완전히 망쳐버리지는 않기로 했다. "나도 모른다고요! 그건 여자들의 일이니까요. 그게 끝나버리면 나도 좋을 거예요." 그가 부인에게서 멀어지며 말했다. "그게 끝나버리면, 어쩌면 나만의 작은 인생을 다시 이어갈 수도 있겠죠."

*

소년은 신랑, 신랑 들러리와 함께 크고 하얀 그 집의 눅눅한 지하 저장소에 있었다. 하객들이 바닥에 구둣발을 끄는 소리가 머리 위에서 들려왔다.

신랑이 수도 계량기 뚜껑을 열고 신중하게 숫자를 읽더니 탁 소리를 내며 뚜껑을 닫았다. "너는 이층에 있어야 하는 거 아니야?" 그가 소년에게 물었다.

"나도 몰라." 소년이 말했다. "만약 여기 내려와 있는 게 잘못된 거라면, 여자들이 와서 내 귀를 잡고 내가 있어야 할 장소로 끌고 가겠지. 형들과 여기 내려와 있는 게 나아."

"우린 그리 대단한 친구들이 아닌데." 신랑 들러리가 말했다.

"이럴 때 어떤 남자가 그렇겠어?" 소년이 말했다.

신랑이 미소를 지으며 말했다. "마치 네가 결혼하는 사람인 것처럼 말하는구나." 그러고는 들러리를 향해 손을 내밀었다.

"아까 그 술이나 마시자."

신랑 들러리가 은색 휴대용 술병을 건네주었고, 신랑은 눈을 뜨고 소년을 바라보면서 그걸 마셨다.

순간적인 동지애가 소년을 따스하게 감쌌다. 최소한 이곳에서는 자신이 잘 알고 좋아하는 두 남자와 함께 마음 편히 있을 수 있었다. 여자들의 수수께끼에서 벗어나 마음을 놓을 수 있었다. 이곳에는 그에 대한 요구사항도, 그를 혼란스럽게 하는 감정도 없었다. "나도 마시고 싶어, 실례가 안 된다면." 소년이 말했다.

신랑은 아무 생각 없이 소년에게 병을 건네주려다가 다시 손을 거두었다. "잠깐," 그러더니 장난스럽게 말했다. "이건 미성년자의 비행을 도와주는 거나 다름없어."

"그것보다 더 나쁜 건 말이지." 신랑 들러리가 말했다. "이게 녀석의 건강을 해치는 짓이라는 거야."

"물론 그렇지." 신랑이 말했다. "이 녀석은 아직 더 자라야 해. 성장을 방해할 수는 없지. 언젠가 여자들을 아주 즐겁게 해줄 몸인데 말이야."

소년은 내밀었던 손을 도로 집어넣었고, 그 순간이 영원처럼 느껴졌다.

이제 소년은 신랑이 더이상 자신의 친구가 아니라는 사실을 깨달았다. 그가 어찌나 추해 보이던지. 치아는 너무 크고 하얀

데다 입술은 너무 두껍고 눈은 몹시 탐욕스러웠다. 게다가 히죽거리는 웃음에서는 자만심과 조롱이 새어나오는 것 같았다.

숲속에서 소녀의 뺨이 닿았을 때 느꼈던 감촉이 되살아났다. 소년의 뺨이 다시 달아올랐다. 갑자기 신랑에게 숲속에서의 산책에 대해, 강가에서 보낸 조용한 시간에 대해, 키스에 대해 말해주고 싶었다. 경멸스럽다는 듯 입을 비죽거리면서 형은 백만 년이 지나도 그런 사랑을 알지 못할 거라고 말해주고 싶었다.

그러나 소년은 아무 말도 하지 않았다. 그저 돌처럼 차갑게 바라볼 뿐이었다.

"그냥 농담이야." 신랑이 상냥하게 말했다. "어이쿠, 놀랐잖아, 이 친구야. 가장 친한 친구를 잃기라도 한 것처럼 그렇게 의기소침하게 바라보지 말라고. 네가 우리한테 술 가지고 농담하는 줄 알았어." 그는 소년의 손을 잡고 남자답게 흔들었다. "자아, 오늘 같은 날 서로 화를 낼 수는 없잖아."

신랑은 다시 친구로, 다정하고 잘생긴 모습으로 돌아왔다.

소년은 시선을 돌렸다. 한여름의 폭풍우처럼 밀려들었다 사라지기를 반복하는 소란스러운 감정들 때문에 갈피를 잡을 수 없었다. "나도 기분 나빠하던 거 장난이었어." 소년이 말했다.

비쩍 마른 부인이 층계를 내려오면서 소년을 불렀다. "서둘러!" 그녀가 말했다.

"행운을 빌어줘." 신랑이 소년의 손을 놓아주며 말했다.

"행운을 빌어." 소년이 말했다.
"고마워." 신랑이 말했다. "내게 큰 힘이 될 거야."

*

소년은 또다시 소녀와 함께 걷고 있었다. 이번에는 소녀가 그의 팔을 잡았다.

소년의 심장이 화재경보기처럼 마구 뛰었다. 이제는 말할 준비가, 자신이 그녀를 얼마나 사랑하는지 말할 준비가 되어 있었다. 가슴속 가득한 단어들이 금방이라도 터져나올 것 같았다.

그러나 그녀의 손은 차가웠고 팔은 마른 나뭇가지처럼 뻣뻣했다. 소녀의 얼굴은 소년과 아무런 관계도 없는 미소로 굳어 있었다.

소년은 너무 늦었다. 강가의 에덴동산에서 기회를 놓쳐버린 것이다.

소년은 혼자, 진정 혼자였다.

소년은 그녀를 떠나 자리에 앉았다. 정신은 멍했고, 느낄 수 있는 것이라곤 소리와 색깔로 이루어진 덩어리들뿐이었다.

"누가 이 여자의 결혼을 허락하겠는가?" 목사가 물었다.

소년이 일어섰다. "제가, 그녀의 동생인 제가 하겠습니다." 그가 대답했다.

Episode #4

멍청이의 포트폴리오

세상의 모든 사람들이 내가 파는 것을 사고 싶어서 안달복달하는 이유는, 내가 파는 것이, 아마도 더 부유해지는 방법에 관한 조언이자 어떤 주식과 채권을 사고팔아야 하는지, 그렇다면 언제 사고팔아야 하는지에 관한 조언이기 때문이다. 이건 전문가의 조언이고, 난 이걸 그렇게 만들기 위해 대단히 열심히 공부했다. 그러나 나의 충고가 훌륭한 것만큼이나 모든 사람이 내 고객이 될 수 있는 건 아니다. 모든 사람이 투자 자금—주식시장과 나에게 지불할 자금—을 갖고 있지는 않기 때문이다.

투자 자금이 있다고 떠들어대는 사람들보다 많은 사람들에게 투자 자금이 있고, 내가 먹고사는 일에 관심이 있는 한, 입을 꽉 다물고 있는 그 사람들을 찾아내서 내 도움을 받는 것이 현명한 판단이라고 설득하는 게 내 일이다. 그들에게도 그게 현명한 일이긴 할 것이다. 하지만 미국이 어떤 나라이든 간에, 누구에게 여유 자금이 있고 누구에게 없는지 짐작해보려는 시도는 정말 끔찍한 일이다.

우리 아파트 밖에서 신문을 팔던 구질구질하고 말투도 상스러운 노인네와 포트폴리오를 구성할 생각은, 즉 유가증권으로 한몫 잡는 것에 대해 이야기를 나눌 생각은 꿈에도 하지 못했는데, 그 노인네가 사망하자 경찰이 그의 매트리스 안에서 5만 8천 달러의 투자 자금을 발견했다. 더 나쁜 소식은, 내가 충격에서 벗어나 반등하기도 전에 그의 상속인이 그 돈뭉치를 몽땅 플로리다의 어느 모텔에 투자해버렸다는 것이다.

차림새는 어떤 단서도 제공하지 않는다. 홈부르크 모자, 은행가들이 즐겨 입는 회색 양복, 단정한 줄무늬 넥타이, 번쩍번쩍 광이 나는 검정 구두는, 그 사람의 귀 모양을 말해줄 수 없을 뿐 아니라 그에게 투자 자금이 있는지도 알려주지 않는다. 나도 안다. 내가 바로 홈부르크 모자와 회색 양복, 줄무늬 넥타이, 번쩍번쩍 광이 나는 검정 구두 차림이니까.

그러니까, 고객을 찾아내는 일은 거의 복권 당첨과 비슷하다. 그들은 어디서든 어떤 모습으로든 올 수 있다.

내 고객 중 한 사람, 지금까지 만난 사람들 가운데 가장 보수적인 생김새의 젊은이가 나를 상속받게 되었다. 나는 약간 투기적인 투자, 그러니까 빠르게 오르고 내리지만 오를 가능성이 더 높은 투자로 그의 흥미를 끌 수 있을 거라고 생각하지 않았다. 하지만 내가 그의 2만 달러짜리 포트폴리오를 할 수 있는 한 가장 안정적이고 보수적으로 만들어놓자, 그는 그중 1만 달러를 내던져버렸고, 지금까지도 후회하는 기색이 전혀 없다.

그의 이름은 조지 브라이트먼이다. 그의 양부모이자 나의 첫 번째 고객 명단에 있던 사랑스러운 부부가 나를 그에게 상속한 것이다. 내가 그들의 포트폴리오를 깔끔하게 정리해놓자마자 부부가 자동차 사고로 세상을 떠났고, 나는 노부부의 양아들이자 상속자인 조지의 이름으로 그 포트폴리오를 관리하게 되었다.

나는 내 일에 자부심을 느끼고, 특히 초기에 들인 노력에 각별한 애정을 느낀다. 브라이트먼 포트폴리오는 근사했다. 안정적이고 튼튼했다는 말이다. 그것은 나름 사랑의 결과물이었다. 브라이트먼 부부는 조지가 언젠가 그들의 포트폴리오를 소유하길 원했고, 조지를 몹시 아꼈다. 어쨌거나 조지가 그걸 물려받는 날이 그렇게 빨리 올 것이라고 예상한 사람은 아무도 없었지만 말이다. 그런데 우리가 그를 위해 만든, 규모는 작지만 깔끔하게 정돈된 재정적 구조물을 그가 스스로 폭파하기 시작하자 나는 현기증이 일었다.

내가 조지를 처음 만난 것은 그가 내 고객이 된 지 육 개월 정도 지난 후였다. 그는 시카고 대학교에서 신학을 전공하는 학생이었고, 우리는 편지와 장거리 전화로 일을 처리했다.

조지의 부모는 그가 얼마나 깔끔하고 친절하며 훌륭한 젊은이인지, 신학교에서 자기 길을 찾아가고 있다는 이야기를 한 적이 있었다. 조지와 주고받은 편지와 대화 내용을 봐도 그 사실을 의심할 이유가 조금도 없었다. 나는 그가 좀 지나치게 걱정이 없고 자신의 재정 상태를 믿는 사람일 거라고 생각했다. 하지만 다행스럽게도 그의 재정 상태는 대단히 정직한 누군가의 손에 들어 있었고, 그래서 그는 내게 자신의 2만 달러를 가지고 하고 싶은 대로 하라고 말할 여유를 가질 수 있었다. 때때로 그가 내 질문과 제안에 대해 너무 미적지근한 반응을 보였기에, 나는 그가 포트폴리오에 대해 관심이 전혀 없는 건 아닌지, 그게 무엇이고 어떻게 운용되는지에 대해 어렴풋이라도 알고는 있는지 궁금했다. 그런데 어느 순간부터 그가 관심을 보이기 시작했다.

내가 변화를 알아차리게 된 첫번째 조짐은 조지가 보낸 편지였다. 그는 일주일 동안 고향에 머물 거라며 519달러 29센트를 요구했다. 언뜻 보기에 그 편지는 마치 위조 편지 같았고, 조지가 엉뚱한 생각에 빠진 틈을 노려 사기꾼들이 그의 호주머니를 털 수 있는 엄청난 기회를 잡은 건 아닌지 의심스러웠다. 내가 알기로 조지의 글씨체는 잔잔한 바람에 천천히 밀려오는 파도처럼 규칙적이고 조용하며 강인했다. 519달러 29센트를 요구하는 편지의 글씨는 조잡하고 들쑥날쑥했다.

나는 이전에 받은 조지의 편지 몇 통과 비교한 다음에야 그게 모두 같은 손으로 쓴 편지라는 사실을 알 수 있었다. 잔잔한 파도가 돌풍과 정면충돌한 것이었다.

*

"제가 조지 브라이트먼입니다." 그가 나의 작은 사무실로 들어서며 부드럽게 인사했다.

"그럴 것이라고 짐작했습니다만," 내가 말했다. "당신 부모님의 일을 돌봐드릴 때 당신 사진을 많이 봤습니다. 그리고 장례식에서도 얼핏 뵙긴 했지요."

"그때는 누구를 만날 기분이 아니었습니다."

"누구라도 이해할 수 있을 겁니다."

남자치고 상당히 작은 편으로, 키가 160센티미터쯤 돼 보였다. 사진에서와 달리, 얼굴은 침착하지도 맑지도 않았고 정감 있는 보름달을 닮은 모습도 아니었다. 물론 장례식에서 봤을 때는 슬픔으로 일그러진 얼굴이었다. 내 눈앞에 나타난 그의 얼굴은 진회색 플란넬 양복과 검은색 넥타이가 주는 인상과 다르게 들뜨고 흥분한데다 살짝 거친 느낌도 있었다.

다정하고 여유로운 대화를 나눌 거라고 기대했지만 그는 뭔가 엄청나게 급한 일이 있는 사람 같았다.

"제 돈은 어디에 있나요?" 그가 물었다.

나는 그가 요청한 금액이 적힌 개인 수표를 건넸다. 나는 전문가답게 손바닥을 맞대고 신중하게 입술을 오므리며 의자에 등을 기댔다. "그러니까, 그 돈은 네바다 광산 회사의 주식에서 백 주를 매도한 것입니다." 내가 말했다. "이것 때문에 당신의 포트폴리오 균형이 조금 깨졌어요. 천연자원 부문이 조금 약해졌죠. 내 의견으로는……"

"어쨌든 일처리를 잘해주셔서 감사합니다." 조지가 말했다. "뭐든 가장 좋은 쪽으로 해주세요." 그는 자리에서 일어나려고 했다.

"제 얘기 좀 들어보세요! 기다려요!" 내가 말했다. "네바다 광산 주식을 팔아서 천 달러가 들어왔고 잉여 현금이 방금 드린 수표를 제외하고도 약 480달러입니다. 자아, 소규모이긴 해도 오래되고 운영이 잘되는, 꽤 괜찮은 아연 회사가 있는데 거기에 그 480달러를 투자하는 게 현명할 것 같아요. 그러면 약간 깨진 균형도 회복할 수 있고 그리고……"

"그거, 제가 가질 수 있을까요?"

"아연 회사 주식 말입니까?"

"잉여 현금 말이에요." 조지가 말했다. "그 480달러요."

"조지," 내가 차분하게 말했다. "어디에 사용할 건지 물어도 될까요?"

"나중에 말씀드릴게요." 조지는 눈을 반짝이며 말했다. "그건 제 돈이에요, 그렇죠?"

"당신 돈입니다, 조지. 아니라고 그 누구도 말할 수 없지요. 하지만……"

"그리고 만약 제가 좀더 원한다면, 당신에게 뭔가를 팔아달라고 말하면 되는 거고요. 원래 그렇게 돌아가는 거 아닌가요?"

"그렇죠, 1달러짜리 시계처럼 정확히요, 조지." 나는 기분이 상했다. "하지만……"

"좋아요, 그렇다면 그…… 그 잉여 현금에 대한 수표를 써주실 수 있겠네요." 그는 그 용어가 마음에 드는 듯했다.

나는 천천히 수표를 적었다. "어쩌면 제가 상관할 바가 아닐지 모르지만, 조지," 내가 말했다. "말쑥하게 차려입은 누군가가 와서 당신 돈을 두 배로 불려주겠다고 한 것은 아니겠지요?"

"때가 되면 모든 걸 알게 될 겁니다." 조지가 말했다.

"그땐 이미 늦을 텐데요." 내가 말했다. 그러나 그는 바람처럼 사라졌다.

*

나는 화가가 아니지만, 솔직히 내 직업이 그림 그리기와 상당히 비슷하다고 생각한다. 나는 한쪽으로 치우친 포트폴리오를 보면 미칠 것만 같은 기분에 휩싸이는데, 마치 조화롭지 못한 그림을 바라보는 예술가의 심정과 비슷하다. 그림에 구멍을 하나 뚫어놓는 것과 같았던 조지의 포트폴리오 습격 이후, 나는 그것 말고 다른 생각을 할 수가 없었다. 그가—혹은 우리가—사기를 당하고 있다는 생각을 머릿속에서 지울 수 없었다. 그날 오후가 지나가기 전, 나는 조지의 일에 관여할 신성한 의무가 내게 있다고 확신했다. 그의 모든 일에.

나는 YMCA로 전화를 걸어 조지가 그곳에 머문다는 사실을 알아냈다. 암, 그렇고말고. 그가 전화를 받았고, 그의 목소리는 사무실에서 듣던 것보다 훨씬 더 흥분된 상태였다.

"만나서 사업 이야기를 좀 나누어야 할 것 같습니다만, 가능한 한 빨리 말이죠." 내가 말했다. "저녁식사를 함께할까요?"

"오늘밤은 안 됩니다, 오늘은 안 돼요." 그가 말했다. "다른 날은 언제라도 괜찮지만 오늘밤만큼은요. 어쨌거나 음식을 먹을 기분도 아니고요."

"그럼 내일 점심은 어떤가요?"

"네, 괜찮군요. 좋아요."

나는 우리가 만날 레스토랑 이름을 알려주었다. "조지," 내가 가볍게 이야기를 꺼냈다. "당신의 포트폴리오에 대해 줄곧 생각하고 있어요." 내가 줄곧 생각하던 건 이랬다. 만약 누군가가 빠른 시일 내에 엄청난 수익을 안겨주겠다며 그를 꼬드기고 있는 거라면, 상당히 투기적이지만 적어도 이길 기회가 조금은 있는 제안으로 그를 유혹하는 거다. "가능하면 오늘 오후에 받은 돈을 내일 우리가 이야기를 나눌 때까지만이라도 가지고 있어줘요. 그러면 내가 그걸 투자할 방법을 하나 보여줄게요. 당신도 곧 깨달을 겁니다. 아주 단기간에 수익금이……"

"내일 이야기해주세요." 조지가 말했다. "머릿속이 너무 복잡해서 투자에 대해 생각할 여유가 없거든요."

"음," 내가 말했다. "그럼, 내일까지 그 돈을 가지고 있을 거지요, 그렇죠?"

"그럴 수 없어요." 조지는 그렇게 대답하고 전화를 끊었다.

*

나는 519달러 29센트나 되는 돈이 도대체 해질녘이 지나면 어디로 가는 건지, 무엇이 신학생을 그토록 흥분시킨 건지 궁금해하며 자다 깨다를 반복했다.

아침에 YMCA로 열두 번도 더 전화를 걸었지만 정오가 될 때까지 조지는 지금 휴식중이며 전화를 받으러 올 수 없다는 말밖에 들을 수 없었다.

정오가 되어서야 그가 전화를 받으러 오는 데 동의했고, 홀을 걸어내려오는 그의 발자국 소리가 들렸다. 마치 젖은 행주가 철

썩철썩 부딪히는 것 같았다.

"네?" 조지가 말했다. 마치 오리가 꽥꽥거리는 듯한 목소리였다.

"조지?"

"네."

"불타는 밤을 보낸 건가요?"

"네."

"점심 말이에요, 조지. 한 시간 후에 괜찮아요?"

"네."

"조지, 괜찮아요?"

"오직 하느님만이," 조지가 중얼거렸다. "인간에게 이런 두통을 주실 수 있을 겁니다."

"점심 약속을 미룰 수 있을 것 같아요. 뭐죠? 바이러스 같은 겁니까?"

"죄악이죠." 조지가 꽉 잠긴 목소리로 대답했다. "이따 봬요. 할말이 있어요."

*

물어보진 않았지만 나는 그가 그 돈을 몽땅 써버렸고, 거기에서 어떤 만족도 얻지 못했다는 걸 알았다. 그러니까, 천 달러를 창문 밖으로 던져버린 거나 다름없었다. 레스토랑에서 조지를 기다리는데, 고소하다는 생각을 할 수밖에 없었다. 어쨌든, 그는 무언가를 얻기는 했으니까. 아주 훌륭하고 지독하며 절대로 잊지 못할 경제학 수업을 받은 셈이었다. 내 생각에 사태가 훨씬 나쁠 수도 있었다. 그에게는 필사적으로 매달릴 수 있는 돈이 아직도 1만 9천 달러나 남아 있었다.

레스토랑에 들어와 나를 찾으려고 두리번거리는 조지의 눈동자가 마치 동굴 속에서 점점 꺼져가는 모닥불 같았다. 그의 돈을 싹 쓸어간 사기꾼이 누구인지는 몰라도 그를 잔뜩 취하게 만들었다. 나로서는 불가능하다고 여기던 술수였다.

"지난밤에 어딜 간 거예요, 조지?" 내가 속시원히 물었다.

"모르셔도 돼요." 조지는 쓸쓸하게 대답했다. 그는 식사 내내 거의 먹지도 못하고 말도 없었다.

"나에게 할말이 있다고 하지 않았습니까?" 내가 부드럽게 구슬렸다.

"생각부터 해야 해요." 그가 말했다. "머릿속부터 정리를 해야 한다고요."

"천천히 해요, 천천히." 내가 말했다. 그리고 시간을 보내기 위해 내 나름대로 재미있는 이야기를 했다. 이런저런 종류의 협잡꾼에게 돈을 잃은 사람들이나 바보 곱빼기처럼 경찰에 신고도 하지 않는 사람들에 대한 이야기였다. "그게 바로 사기꾼들이 돈을 버는 방식이죠." 내가 말했다. "돈을 뜯긴 사람은 자신이 너무 바보 같았다는 걸 깨닫고 자기가 얼마나 바보였는지를 누구에게도 알리고 싶어하지 않는 겁니다." 나는 조지가 조금이라도 흥미를 보이는지 조심스럽게 살폈다.

"오, 그래요." 조지가 덤덤하게 대답했다.

"오, 그래요라고요?" 내가 분개하며 말했다. "사기꾼들이 매년 정직한 사람들에게서 수백만 달러를 갈취하고 있어요. 그런 인간들을 고발하는 건 어느 정도 배짱이 있는 사람들에게 달린 일이죠."

조지는 어깨를 으쓱했다. "낙타가 바늘귀를 통과하는 것이 부자가 하느님 나라에 들어가는 것보다 더 쉽다고 하잖아요. 어쩌면 사기꾼들이 사람들에게 좋은 일을 하고 있는지도 모르죠."

나는 기가 막혔다. "조지! 현실적으로 생각하자고요!"

"나는 내가 그러고 있다고 생각해요."

"자아, 빈털터리와 엄청난 부자 사이에는 분명히 어떤 중간지대가 있어요, 조지. 내 말은, 무엇보다도, 당신이 가족을 부양해야 하는 시기가 올 것이고 그러면 분명 당신은 자식들에게 어떤 혜택을 주고 싶을 거예요. 그건 돈이 든다는 의미예요. 안락한 집과 좋은 교육, 건강하고 풍부한 음식 같은 것 말입니다. 아이에게 아주 중요한 것들이죠."

"그게 사실이죠, 안 그래요?" 조지가 갑자기 격렬하게 반응했다.

"만약 당신이 안락한 가정에서 자라지 않았다면, 만약 당신 부모님께서 대학 학비를 대주지 않았다면, 당신은 완전히 다른 사람이 되어 있을 겁니다. 조지, 그런 것들은 중요해요."

"알아요." 조지가 진지하게 말했다. "나도 배우는 중이에요. 만약 내가 아기였을 때 입양되지 않았다면, 고아원에 남겨졌다면……" 그가 눈을 크게 떴다. "하느님의 은총이 없었다면 저도 그렇게 되었겠죠."

나는 기뻤다. "그렇다면 이해하겠네요, 조지. 그러니까 당신의 포트폴리오에 관심을 가져야 하고, 그걸로 바보 같은 짓을 해서는 안 돼요. 사실 그건 당신 아이들의 것이니까요. 자아, 어제 말한 대로 당신의 포트폴리오는 천연자원 쪽이 약해진 상태이니, 화학 쪽 주식 일부를 팔아서……"

조지가 자리에서 일어섰다. "제발," 그가 변명하듯 말했다. "다음에 이야기해요. 속이 너무 울렁거려서요. 방으로 돌아가 누워야 할 것 같습니다." 그는 지갑을 꺼내려는 듯 호주머니에 손을 넣었다.

"아니, 아닙니다, 조지. 내가 계산할게요."

"감사합니다. 정말 친절하시군요." 조지가 말했다. 그는 주머니에서 뭔가를 꺼내더니 거의 토할 것 같은 표정으로 그것을 바라보았다. 플라스틱으로 만든 칵테일 스틱이었다. 그는 복수하듯 그 막대를 부러뜨려 조각들을 재떨이에 버리고는 파리한 미소를 지으며 떠나버렸다.

그 칵테일 스틱에는 끔찍한 아이러니로 조지를 후려친 이름이 적혀 있었다. 조이 클럽.

*

세상은 아무 문제 없어, 나는 생각했다. 그리고 조지가 더이상 말썽을 일으키지 않기를 바랐다. 조지는 아주 중요한 무언가를 배웠고, 내가 그걸 도왔다. 그런 생각을 하자 기분이 좋아졌고 오후 내내 휘파람을 불며 일했다.

사무실 문을 잠그면서도 휘파람을 불었다. 바로 그때 전화벨이 울렸다. "오!" 내가 신이 나서 말했다. "당신이군요, 조지. 목소리가 훨씬 좋아졌네요. 완전히 회복된 것 같아요."

"네, 감사합니다." 조지가 공손하게 말했다. "제가 뭘 좀 물어봐도 될까 해서요."

"얼마든지요."

"일부를 팔아버리기 전 내 포트폴리오의 가치가 어느 정도였나요?"

"동전 한 푼까지 말인가요, 조지?"

"네."

"글쎄요, 계산을 해봐야 할 것 같습니다만. 잠깐 기다려요."

오 분 후, 나는 그에게 액수를 알려줄 수 있었다. "오늘 오후 마감 기준으로 1만 9021달러 50센트예요. 어제 가져간 현금까지 합치면 2만 21달러 50센트지요."

"그 액수의 절반은 얼마지요?"

"글쎄요, 봅시다. 2를 반으로 나누면 1…… 음. 1만 10달러 75센트가 되겠군요."

"거기에서 480달러 71센트를 빼면……"

"음, 9530달러 4센트입니다, 조지. 왜 물어보는 거죠?"

"그 액수만큼의 주식을 팔고 싶어요. 알아서 처리해주세요."

"조지!"

"내일 팔아주실 수 있나요?"

"조지, 대체 무슨 짓을 하는 거예요?"

"만약 의논을 할 생각이었다면 그렇게 했겠지요." 조지가 냉담하게 대답했다.

"조지," 나는 애원하다시피 말했다. "때가 되면 무슨 일이 벌어지고 있는지 말해준다고 그랬지요. 지금보다 적절한 때는 없었던 것 같은데요."

"미안해요." 조지가 말했다. "지금 보니 적절한 때는 결코 오지 않을 것 같아요. 내일 오후에 돈을 가지러 갈게요, 안녕히 계세요."

*

조이 클럽은 도로 아래에 있었다. 나는 하수구와 지하철 사이 후미진 곳에 툭 튀어나온, 담배 연기가 잔뜩 서린 간판을 찾아냈다.

"코트와 모자를 맡기세요, 선생님." 휴대품 보관대의 여자가 조지를 찾기 위해 다급한 마음으로 조이 클럽의 문턱에 서 있던 내게 말했다.

예쁜 용모에 몸집은 작지만 앙칼진 구석이 있는 그 여자는 클럽 안에서 새어나오는 신경질적인 재즈와 피, 땀, 눈물이 뒤범벅된 뿌연 안개 사이로 나를 바라보며 커다란 밤색 눈을 깜박였다. 머리카락은 바람에 날려 쌓인 눈처럼 하얗게 탈색되어 있고, 고드름처럼 긴 모양 모조 다이아몬드 귀걸이를 하고 있었다. 원피스는 앞이 깊게 파여서, 내가 서 있는 곳에서 보면 그녀가 앉아 있는 보관소의 반쪽짜리 문보다 조금 위까지 가슴이 훤히 드러났다.

여자는 내 홈부르크 모자와 체스터필드 코트를 옷걸이에 걸면서 그것들을 부드럽게 어루만졌다. "월터 피전*이나 대사나 뭐 그런 분 같군요." 그녀가 말했다. 놋쇠로 만든 보관증을 건네

* 캐나다 출신의 미국 영화배우(1897~1984).

는 그녀의 손끝이 아쉬운 듯 잠시 내 손바닥 위에 머물렀다.

나는 그녀에게 조지와 비슷한 사람을 본 적이 있는지 물어보려다 마음을 바꾸었다. 논리적으로 생각해볼 때, 만약 조이 클럽에 있는 누군가가 조지에게 1만 달러짜리 골칫거리를 안겨준 거라면, 조지 혹은 그가 처한 문제의 본질에 대해 호기심을 내보이는 것은—흡사 자살행위처럼—어리석은 짓이었다.

조이 클럽의 내부를 보니 내 판단에 확신이 들었다. 이름과 달리 즐거움은 없어 보였고 사악한 술꾼들과 침울한 술꾼들로 가득했으며 술에 취하지 않은 몇몇은 묘비처럼 냉정하게 창백한 얼굴로, 조용히 바 뒤쪽의 푸른 거울을 통해 모든 것을 보고 있었다. 그들은 나를 유심히 살폈다.

나는 술 한 잔을 주문하고 조지를 찾아 가볍게 주변을 살펴보았다. 그는 그곳에 없었다. 무심한 척 주변을 둘러보았지만 많은 사람들이 내 행동을 눈치채고 그리 달가워하지 않는 것 같았다. 창백한 얼굴의 남자들이 특히 그랬다.

술을 많이 마실 생각은 아니었지만 조이 클럽이라는 악몽에서는 마시는 것 외에 달리 할 일이 없었다. 선천적으로 온몸에 감각이 없는 사람이 아니라면 음주는 몸에 꼭 필요한 것이었다. 나의 몸 전체가 그곳에 일정 시간 머무를 작정이라면 마취제가 꼭 필요하다고 외쳐댔고, 나는 조지가 그렇게 코가 삐뚤어지도록 술을 마신 이유를 이해하기 시작했다.

두 시간 뒤, 자정이 되었지만 조지는 나타나지 않았다. 그러나 한 가지 중대한 진전은 있었다. 나는 잠시 실제 모자를 내려놓은 채, 아주 거친 사람마냥—냉정하고 자비 없는 소설탐정이 되었다. 조지를 구하기 위해서였다. 악의에 찬 시선으로 모든 것들을 살피며, 클럽에 들어오는 사람들을 평가했다. 상당수가 거북한 듯 시선을 돌렸다.

나는 옆에 앉은 사내에게 고개를 돌렸다. 술에 절은 뚱뚱한 남자였다. "친구에게 무슨 일이 일어났는지 모르겠군요." 내가 슬쩍 말을 걸었다. "여기서 만나기로 했거든요. 혹시 이런 사람 본 적 없으신가요? 몸집이 엄청 작고 커다란 갈색 눈에 짙은 회색 양복을 입고 검은색 넥타이를 한 남자요."

"음, 그런 사람을 알지요. 아, 오늘밤에는 보지 못했소."

"그를 아십니까?"

"지난밤에 보았소. 그게 전부요." 그는 고개를 끄덕거렸다. "맞아. 그 젊은이는 아무것도 모르는 애송이처럼 보였다오. 나 압니다, 안다고요. 조그만 재키 때문에 몸이 달아 있었거든요."

"재키요?"

"모자를 받아주는 여자 말이오. 당신 친구가 지난밤 내내 여기 앉아서 거울을 통해 저쪽을 바라보고 있었소. 술을 진짜 못 마시더군."

"오?"

"바텐더 녀석이 술을 더 마시든가 의자를 다른 사람에게 내주라고 다그쳤고, 그 젊은이는 잔뜩 술에 취했지."

"혼자서요?"

"그래요. 재키를 집에 데려다줄 때까지 말이오. 겉모습만 보고 그 사람이 어떤 사람인지 판단할 수는 없어요. 그렇지 않나요? 내가 보기에 그 친구는 딱 목사 타입이던데."

*

재키를 집에 데려다주는 건 별로 어려운 일이 아니었다. 그 클럽의 관습인 것 같았고 그 안에서 내가 가장, 압도적으로 옷을 잘 입은 사람이었다.

집에 바래다준 뒤에 벌어진 일에 대한 기억은 희미하다. 나의 의도는 완전히 고결했고, 나도 그걸 안다. 내 계획은 그녀가 어떤 덫으로 조지를 옭아맸는지 알아내는 것이었다. 나는 걸려들지 않으면서 말이다. 어쨌든 제법 괜찮은 계획이었다.

택시 안에서 나는 계속 졸면서 재키의 말 중에 겨우 몇 마디만 알아들었다. 화사하고 거짓이며 유리알처럼 깨지기 쉬운 말들이었다. 그녀는 나를 유혹하기 위해 최선을 다했다. 그녀는 외로웠고 무기력했고 가난했으며, 거친 고아원에서 자랐고, 행복한 적도 이해를 받은 적도 없었다.

다음으로 떠오르는 기억은 재키의 아파트에 있는 소파에 앉아 눈을 뜨고 있으려 애쓰던 것으로, 그녀는 부엌에서 칵테일을 만들고 있었다. 그러나 결국 내 눈은 감겨버렸고, 나는 웬 남자가 죽일 듯 소리를 질러댈 때까지 일어나지 못했다.

"으음?" 나는 눈을 감은 채로 말했다.

"그래!" 그가 소리쳤다. "이봐, 지난 몇 년 동안 나는 좋은 남편이었어. 열심히 일하고, 저축도 하려고 애썼어. 그런데 이런 일이 생기다니."

"어떤 일이 생겼는데요?" 나는 중얼거렸다. 무슨 일인지 살짝 궁금하기도 했다.

"이런 일!"

"오," 내가 말했다. "으음."

"나는 당신이 로스앤젤레스에 있는 줄 알았어요!" 재키가 말했다.

"하!" 그가 말했다. "일이 이틀 정도 빨리 끝났어. 서둘러 집에 왔는데, 지금 내가 보고 있는 이 광경은 뭐지?"

"뭐가요?" 내가 말했다.

"당신 말이야!"

"오."

"어쩜 좋아, 들켰어요!" 재키가 말했다. "용서해주세요. 우릴 용서해줘요."

“당신은!” 그가 그녀에게 말했다. “당신은 조금 있다 손봐주지, 염려 마.” 그는 나를 보았다. “네가 내 가정을 망쳤어. 이 못된 놈, 이젠 네 가정을 부숴버리겠어. 네놈 아내가 내일 아침 제일 먼저 들을 소식이 바로 이게 될 거야. 그게 마음에 들지 보자고!”

“나는 아무것도 망친 적 없어요.” 나는 졸린 듯이 말했다. “아내도 없고요. 어디 한번 깨보시죠.”

“그렇다면 네 직업을 결딴내주지. 그건 마음에 들지 보자고!”

“그럼 군수 공장에서 돈을 더 버시면 되겠네요.” 내가 말했다.

내가 기억하지 못하는 고함들이 훨씬 더 많았지만 시간이 지나면서 조금씩 누그러들었고, 결국 그들은 나를 복도로 내동댕이친 다음 문을 잠가버렸다.

*

나는 정오까지 잠을 잤고, 점심시간이 지나서도 사무실에 나가지 못했다. 식사는 거의 손도 댈 수 없었다. 사무실에 도착해보니 조지가 나를 기다리고 있었다.

“준비됐나요?” 그가 물었다.

“돈 말인가요?” 나는 빙긋 웃으며 마치 아버지라도 되는 듯 그의 등을 두드리고 의자를 권했다. “아니, 조지. 아직이에요.

하지만 당신에게 좋은 소식이 있답니다. 이제 그 덫에서 빠져나오게 되었어요."

"덫이라뇨?" 조지가 약간 짜증스럽게 물었다.

"조지, 지난밤에 나는 재키라는 조그맣고 귀여운 여성을 만났어요. 사실, 그녀를 집까지 데려다주었지요."

얼굴이 새빨개진 조지가 자리에서 벌떡 일어났다. "그 일에 대해서는 듣고 싶지 않아요!"

"진정해요, 진정해. 미인계는 세상에서 가장 오래된 사기 수법이고, 당신이 해야 할 일은 그들에게 지옥에나 떨어지라고 말하는 것뿐이에요. 그들은 곧장 꼬리를 내릴 겁니다. 그들에게 당신 돈 대신 명성을 가져가라고 하면, 아마 다시는 당신 앞에 나타나지 않을 겁니다. 단 10센트도 주지 말아요!"

"그 일에 대해 말하고 싶지 않아요." 조지가 말했다. "부디 오늘 오후까지 돈을 마련해주세요."

"조지," 내가 말했다. "만약 당신이 그 두 사람에게 맞서지 않는다면 내가 경찰에 가서 고발할 겁니다. 그들은 나에게도 똑같은 수작을 부렸어요. 당신이 가진 것의 절반을 그들에게 준다고 해도 거기서 끝나지 않을 거예요, 조지. 당신은 계속 돈을 줘야 할 거고, 그들은 모든 것을 가지기 전까진 당신을 내버려두지 않을 거예요. 그러고도 더 원할지 몰라요."

"만약 당신 때문에 그들이 체포된다면, 우리 사이도 끝이에요." 조지가 말했다.

"당신이 그들에게 전 재산을 주도록 그냥 내버려둔다면, 나도 끝이에요." 내가 말했다. "당신은 지금 그들에게 천 달러를 줬어요. 사실 그것도 너무 많이 준거죠."

"난 그들에게 천 달러, 아니 그 비슷한 것도 주지 않았어요." 조지가 말했다. "하지만 그럴 생각이에요. 그 돈을 마련해주시고, 이 일은 당신만 알고 계세요. 아니면 내가 꼭 경찰에 전화를 걸어야 하나요?"

"그놈들을 고발하려고요? 바로 그거예요!"

"당신을 고발하려고요." 조지가 말했다.

나는 너무 화가 나서 그를 두고 나와버렸다. 만약 그가 내 앞을 가로막았다면, 신학생이고 뭐고 간에 때려눕혔을 것이다.

지끈지끈한 두통과 함께 도심의 거리를 걸으며 조지가 스스로를 몰아넣고 있는 그 바보 같은 상황에 대해 내가 아는 것들을 꿰맞춰보았다. 그가 원하는 것을 주는 대가로 누군가 519달러 29센트를 제시했을 것이고, 그걸 받으려면 조이 클럽으로 오라고 했을 것이다. 그리고 조지는 그 판매자가 물건을 가지고 나타나기를 기다리면서 자신의 의도와는 상관없이 술에 취해버렸고, 세상에서 가장 오래된 사기극과 재키에게 당하고 만 것이었다. 이상이 내가 증명하려던 내용이다. 큐이디QED!

나는 은행에 가서 수표를 현금으로 바꾸고 명세서를 집어든

다음 지끈거리는 두통도 달랠 겸 해장술을 하기 위해 그 옆에 있는 바로 들어갔다. 조지를 위해 자처한 일이었는데 얻은 건 숙취뿐이었다.

바의 희미한 불빛 아래서 이미 현금화된 수표들을 대충 훑어보았다. 처음에는 그저 뭐라도 해야 할 것 같아서, 아무 흥미 없이 신경질적으로 시작한 일이었다. 그러고 나서 내가 조지에게 써준 519달러 29센트짜리 수표를 발견했다. 뒤집어보니 조지가 배서하고, 다시 로버트 S. 누넌이라는 사람이 배서한 게 보였다. 나는 전화번호부에서 누넌이라는 이름을 찾아보았다. 그는 사설탐정이었다.

조지가 구매한 것, 그건 어떤 정보였다. 바로 그것 때문에 조지는 무척이나 들떠서 학업도 잠시 중단한 채 서둘러 집으로 돌아온 것이었다. 그날 밤 내내 조이 클럽에서 그가 기다리던 것이 바로 그것이었다.

그리고 그때 누넌이 조지를 바람맞힌 게 아니라는 생각이 들었다. 이미 값을 지불한 물건을 누넌에게 건네받은 다음 조지가 조이 클럽에 발을 들인 것이었다.

*

오후 늦게, 나는 YMCA에 있는 조지에게 전화를 걸었다. "조지," 내가 말했다. "아까 화내서 미안했습니다."

"사무실 근처에서 상당히 오랫동안 기다렸어요. 다시 돌아오실 거라고 기대하면서 말이죠." 조지가 말했다. "화를 내셨다고 당신을 탓하지는 않습니다. 제가 무례했어요."

"무슨 일이 있었는지 이제는 알 것 같아요, 조지."

"제발," 조지가 말했다. "아까와 같은 상황을 되풀이하지 맙시다. 이건 당신이 절대 이해할 수 없는 개인적인 일이에요."

"조지, 이미 당신이 나를 해고했을 거라고 생각해요. 오늘 오후에 그 돈을 주지 않았으니까요. 그럴 수 없었어요. 하지만 어쨌든 할말은 해야겠어요."

"내가 모르는 상황에 대해 당신이 할말이 있다고는 생각하지 않아요."

"조금 전까지는 몰랐지만 지금은 할말이 있어요. 그 여자는 당신의 누이예요, 그렇죠?"

조지는 잠시 침묵했다. "네." 그가 거의 죽어가는 목소리로 대답했다.

"누넌에게 화내지 마세요. 그는 내게 한마디도 하지 않았어요. 나 혼자 짐작한 겁니다. 그녀는 당신이 누구인지 알고 있나요?"

"아뇨. 나는 그저 누이를 보려고 거기 갔어요. 내가 누구인지 말하려고 했지만, 당신이 겪었던 일과 정확히 똑같은 일이 내게도 일어났답니다."

"그리고 돈을 주었나요?"

"그럼요. 어쨌거나 우리의 재회를 축하하는 데 그 돈을 쓸 생각이었거든요. 부탁드려요, 그동안 제게 무척 친절하셨잖아요. 내일까지 그 돈을 마련해주실 수 있을까요? 저는 얼른 학교로 돌아가야 해요."

"누이든 아니든 간에, 조지, 그 여자는 조그만 쥐처럼 교활해요." 내가 말했다.

"아이가 하나 있어요. 거기에 희망을 걸어보는 거죠." 조지가 말했다. "원래 제 것이 아닌 것을 제게 준 착한 분들 덕분에 지금의 제가 있잖아요. 제가 그녀에게 해줄 수 있는 최선의 것도, 물론 너무 늦긴 했지만, 그것과 똑같은 거예요. 최선을 다하고 싶어요. 내일 봬요."

*

조지는 사실 그날 밤에 시카고로 돌아가는 기차를 타야 했다. 나는 그가 소유한 왕국의 절반을 팔아치웠고, 우리는 그 수익금을 재키가 절대 추적할 수 없는 은행수표로 만들어 그녀에게 우편으로 보냈다.

조지와 나는 멋들어지게 저녁식사를 했다. 어떻게 하면 그가 기차를 탈 때까지 가장 즐겁게 시간을 때울 수 있을까가 문제였다.

우리는 갈 곳이 단 한 군데—조이 클럽—뿐이라는 데 동의했다. 우리의 방문은 순전히 의례적이었다. 술을 주문했지만 둘 다 한 방울도 마시지 않았다. 그저 그곳에 앉아 있었는데, 아마 청부 살인업자들처럼 보였을 것이다.

기차가 떠나기 십오 분 전, 우리는 재키에게서 코트와 모자를 건네받았다. 그녀는 우리가 그곳에 들어갔을 때와 똑같은 표정으로 우리를 바라보았다. 우리가 자신을 고소할지도 모른다는 두려움과 우리가 서로 입을 다문 채 다시 그곳을 방문한 멍청이들일지도 모른다는 희망이 뒤섞인 표정이었다.

"잘 있어요, 재키." 조지가 말했다.

"안녕히 가세요." 그녀가 불안한 듯 대답했다.

조지는 그녀의 조그만 접시에, 1달러 혹은 5달러가 가득한 그 접시에, 10센트짜리 동전 한 개를 떨구었다.

"겨우 10센트요?" 재키가 조롱하듯 말했다.

"그게 전부예요, 내 누이여." 조지가 말했다. "더이상 죄를 짓지 마요."

Episode #5

스노우, 당신은 해고예요

에디 웨츨은 뉴욕 일리엄*에 위치한 제너럴 포지 앤드 파운드리 사의 세라믹 부서에서 대형 단열재 생산을 책임지는 엔지니어였다. 그의 사무실은 59빌딩의 외진 곳에 자리했고 거기에서는 모든 것들이 항상 하얀 점토 가루로 뒤덮여 있었다.

에디는 스물여섯 살이었다. 그에게는 예쁜 여자들에 대한 확고부동한 생각이 있었다. 그는 그런 여자들을 미워하고 두려워했다. 한때 아리따운 여자와 결혼해 육 개월 동안 멋지게 산 적도 있었다. 하지만 그 여자는 단 육 개월 만에 그의 친구관계를 엉망으로 만들었고, 상급자들을 모욕했고, 그를 2만 3천 달러

* 커트 보니것의 작품에 등장하는 뉴욕의 가상도시. 고대 트로이의 라틴어 이름에서 따왔다.

빚더미에 올려놓았으며, 그의 자존심을 재로 만들었다. 그녀는 떠나면서 자동차 두 대와 가구까지 몽땅 쓸어갔다. 심지어 에디의 시계와 라이터, 커프스단추도 챙겨갔다. 그런 다음 정신적 학대를 이유로 그에게 이혼 소송을 걸었다. 그녀는 위자료로 매달 2백 달러씩 쏙쏙 빼내갔다.

그렇게 에디가 상당히 심각한 사람이었을 때, 알린 스노우가 그의 비서로 발령을 받았다. 그녀는 열여덟 살로, 일리엄 고등학교를 갓 졸업한 새내기였으며, 입사한 지 한 달 만에 회사의 열일곱 개 부서 내에서 가장 예쁜 여성으로 선발되었다. 회사 주간지인 〈GF&F 토픽스〉가 투표를 주관했는데, 알린은 3만 1623표 가운데 2만 7421표를 획득했다.

"당신은 진심으로 축하받을 자격이 있어요." 영광스러운 그 소식을 듣고 에디가 그녀에게 말했다. "불행히도," 그는 말을 이었다. "여기에서 우리의 주업무는 단열재 생산이지, 빈둥거리고 앉아서 아름다움을 감상하는 것이 아닙니다. 그러니까 이제 업무에 복귀합시다, 어때요?"

에디는 자주 그녀에게 심하게 빈정거렸고, 그래서 알린은 침울하고 먼지로 뒤범벅인 사무실에서 벗어날 기회가 생길 때마다 굉장히 좋아했다. 그럴 만한 최상의 기회를 제공한 사람은 〈GF&F 토픽스〉의 편집장인 아르망 플레밍이었다. 마흔 살인 플레밍은 노사관계 담당 부사장의 매제이자, 전쟁 기념비처럼 거대하고 고집이 센 아내에게 잔뜩 주눅든 남편이었다. 그는 걸핏하면 세라믹 부서에서 알린을 불러내 무보수 모델로 활용했다.

플레밍은 회사에서 신제품을 출시할 때마다, 그 제품이 무엇이든 알린이 그걸 보고 백치처럼 미소짓는 사진을 신문에 실었다. 축제일이 다가올 때면 축제의 정신을 표현하는 듯한 알린의 사진으로 신문 1면을 꽉 채웠다. 독립기념일에는 성조기 문양 수영복을 입고 자기만큼 커다란 폭죽을 터뜨리는 알린의 사진을 볼 수 있었다. 캡션은 '펑!' 이었다.

핼러윈이 가까워지면 조그만 작업복을 입은 알린이 호박 초롱을 보고 놀라 기절초풍하는 모습이 실렸다. 캡션은 '이이이이이크!' 였다.

추수감사절에도 알린이 있었다. 허리 위로는 청교도 여인처럼, 그 아래로는 라스베이거스에서 담배를 파는 아가씨처럼 차려입고 칠면조를 보고 놀라는 모습이었다. 캡션은 '고륵, 고륵, 고륵'이었다.

이 마지막 사진 때문에 결국 플레밍의 처남이자 직속상관이 그를 단속하기 위해 나서고 말았다. 그는 불쌍한 플레밍에게 추수감사절 사진과 캡션이 정말 쓰레기 같다고 했다. 또한 회사 신문에서 다른 사람의 사진은 찾아볼 수 없는 것으로 보아 플레밍이 알린을 사랑하는 게 분명하고, 회사 내 모든 사람들이 그 사실을 알고 있으니 다시는 그녀를 만나지 말라고 했다.

그런 일이 벌어지는 사이, 공교롭게도 알린은 〈GF&F 토픽스〉 사무실에 있었다. 하지만 다행히 아무 말도 듣지 못한 채 사진 스튜디오에서 바쁜 시간을 보내고 있었다. 몸을 겨우 가릴까 말까 한 산타클로스 옷을 입고, 맨살이 드러난 한쪽 팔을 석고로 만든 빨간 코 루돌프의 목에 감아 늘어뜨린 채 말이다.

*

알린이 포즈를 취하고 플레밍이 호되게 야단을 맞는 동안 에디 웨츨은 자신의 사무실에서 화가 머리끝까지 치솟아 있었다. 비서가 없어서 그는 뻣뻣하고 뭉툭한 손가락 두 개를 놀려 답장 두 통을 타이핑하는 중이었고, 전화벨이 쉴새없이 울려대고 있었다. 그를 찾는 전화나 단열재와 관계된 전화는 단 한 통도 오지 않았다. 모두 알린에게 온 전화였고, 이렇든 저렇든 이 회사 사랑의 여신이라는 그녀의 비공식 직함과 관련된 내용이었다.

"아뇨. 그 여자가 언제 돌아올지 전혀 모른다고요!" 에디는 전화를 건 젊은이에게 고함을 질렀다. "난 그저 그 여자의 상사일 뿐이니까. 내게는 아무것도 말해주지 않는다고." 그가 내동댕이치듯 수화기를 내려놓았다. 얼굴은 벌겋게 달아올랐고 숨소리는 짧고 거칠었다.

그때 알린과 플레밍이 들어왔다. 플레밍은 풀이 죽은 채 얼굴이 어두웠다. 그는 무슨 문제가 발생했는지 알린에게 이야기하지 않았다. 그를 가장 괴롭히는 것은 처남이 한 말이었다. 그가, 플레밍이, 알린을 사랑하고 있다는 이야기 말이다.

플레밍은 그 지적이 정말로 정확하다는 사실을 깨닫고 가슴이 미어지는 것 같았다.

알린은 늘 그렇듯 자신을 불편하게 만드는 에디에게 어색하게 인사를 건넸고, 그가 책상에 쌓인 먼지 위에 쓴 메시지를 보았다. '스노우,' 에디는 둥글둥글하고 커다란 글씨로 이렇게 적어놓았다. '당신은 해고예요.'

*

에디 웨츨은 이를 기정사실화했다. 말하자면 알린은 그 자리에서 바로 쫓겨났다.

에디는 그녀가 무례하고 허영심이 많고 산만하며 타이핑도 느리고 정확하지 않다는 사실을 증명할 수 있었다. 그녀는 자기 손으로 쓴 속기록조차 읽지 못했고, 세라믹 부서에 대한 충성심은 눈곱만큼도 없었으며, 지각과 결근으로는 회사에서 기록을 세울 정도였고, 애꾸눈이 검은 고양이만큼이나 건달처럼 일하는 게 일상이었다.

그리고 비겁함이 더해진 일반 상식 덕분에 회사의 누구도 그녀에게 일을 주려고 하지 않았다. 누구든 그녀가 필요하다고 요청하는 사람에게는 대체 어떤 업무를 염두에 두었는지에 대한 의문이 제기될 것이 불가피했기 때문이다.

불쌍한 플레밍은 그녀를 도와줄 생각이 전혀 없었다. 그는 자기 사무실에 처박혀서 그동안 일어난 일들을 곱씹었다. 아내는 전화를 걸어와 처남이 했던 말을 거의 단어 하나 빼지 않고 똑같이 들려주며 다시는 알린을 만나서는 안 된다고 말했다. 아내는 알린을 '난잡녀'라고 불렀다.

그날 저녁 알린이 떠날 때 회사 정문에서 초라하고 애처로운 기념식이 열렸다. 그녀는 천사처럼 예쁜 증명사진에 투명한 플라스틱을 앞뒤로 대서 만든 사원증을 반납했다. 그녀가 어둡고 쓰라린 일리엄의 겨울 진창길 위에 서 있는 동안, 경비원은 회사의 규율에 따라 커다란 양철가위로 사원증을 반으로 잘라 쓰레기통에 던져넣었다.

그는 그녀의 눈을 바라볼 수 없었다.

어둠 속으로 걸어들어가는 알린의 모습은 강물처럼 흐르는 희뿌연 얼굴들 사이에 끼인 또하나의 희뿌연 얼굴로 보일 뿐이었다. 진눈깨비 때문에 흐릿해진 가로등 덕분에 지나가는 사람들은 알린이 울고 있는 것을 알아차리지 못했다.

늘 가는 버스 정류장에 도착하자, 아르망 플레밍이 그녀를 기다리고 있었다. 그는 버스를 타고 다니는 사람이 아니었다. 그가 출근할 때 타고 온 자동차는 다섯시 퇴근 러시아워가 되자마자 텅 비어버린 회사 주차장에 덩그러니 남아 있었다.

"오늘은 버스를 타고 가시려나 봐요, 플레밍 씨?" 알린이 그에게 물었다.

"버스든, 비행기든, 열차든……" 플레밍이 말했다. "오늘밤이 지나기 전에 내가 무엇을 타게 될지 누가 알겠어요?"

"무슨 말이에요?" 알린이 말했다.

"술 한잔 사고 싶어요." 플레밍이 말했다. "적어도 그 정도 빚은 졌으니까요. 당신에게 일어난 일에 대해 책임을 통감하고 있답니다."

"그러실 필요 없어요." 알린이 말했다.

"나도 알아요." 플레밍이 말했다. "꼭 해야 하는 일을 하는 데 나도 지쳤어요. 지금부터는 내가 원하는 일을 할 겁니다." 그는 약간 미친 사람처럼 보였으나 알린 역시 그런 걸 눈치채기에는 자신이 맞닥뜨린 문제들로 몹시 정신이 없는 상태였다. "당신에게 술을 꼭 사야겠어요."

그래서 알린과 플레밍은 골목길에 있는 작고 조용한 바로 향했다. 붉은색 네온 간판이 게슴츠레한 표정으로 그들을 향해 윙크했다. '바'라고 쓰여 있었다. 알린과 플레밍이 몰랐던 것은, 에디 웨츨이 그 바 위에 있는 아파트에 살고 있으며, 일이 끝난 뒤 매일 밤 그 바에 들러 마티니 두 잔을 마신다는 거였다.

에디는 늘 앉던 자리에 앉아 전처가 보낸 편지를 읽는 중이었다. 그녀가 아직도 그를 사랑하고 있으며 142달러 75센트를 더 보내주면 좋겠다는 내용이었다. 경미한 교통사고가 났는데 수리비가 필요하다고 했다. "이건 불공평하다고 생각해요." 그녀는 이렇게 적었다. "내가 이렇게 예기치 못한 사고에 돈을 지불해야 하다니요. 판사도 아마 그렇게 말할 거예요."

편지는 마이애미 해변에서 날아온 것이었다.

옆자리의 대화가 에디의 신경을 건드렸다. 자신도 모르게 잠시 대화를 엿듣고서야 그는 옆에 누가 앉아 있는지 알게 되었다.

"알린, 난 항상 찍소리도 못 내고 살아왔어요." 아르망 플레밍이 말했다. "살면서 반항이라곤 해본 적이 없지요. 내가 해야 했던 일이나 하고 싶었던 일은 하나도 하지 못했어요."

"정말 안됐군요, 플레밍 씨." 알린이 말했다.

"난 행복을 추구한 적이 없어요." 플레밍이 말했다.

"사실 우리 중 누구도 그러는 것 같지 않아요." 알린이 말했다.

"그렇다면 이제 때가 된 것 아닌가요?" 플레밍이 말했다. "우리도 이젠 그럴 때가 되지 않았나요?" 그가 몸을 앞으로 내밀었다. "팡당 투트 노트르 비, 알린." 그가 말했다. "주이송 드 라 비!"

"죄송하지만 무슨 말인지 모르겠어요." 알린이 말했다. "저는 대부분 경영 수업을 들었거든요."

"우리가 살아가는 동안," 플레밍은 알린이 알아들을 수 있게 다시 말해주면서 그녀의 손에 자신의 손을 포갰다. "인생을 즐깁시다!" 플레밍이 프랑스어를 유창하게 구사하는 건 아니었다. 사실 이런 특정 상황에 자신이 아는 프랑스어를 모두 동원한 셈이었다. 그 문구는 그의 아내가 '아버지 날'에 선물한 앞치마에 쓰여 있던 것이었다. "오늘 내 안의 무언가가 무너져버린 것 같아요. 지금부터는 진짜 인생을 살 겁니다!" 그가 목청을 가다듬었다. "당신도 그러길 바라고요!"

"웨츨 씨의 말을 들은 후," 알린이 말했다. "어디 쥐구멍에라도 들어가 죽어버리고 싶은 기분이에요."

"에디 웨츨은 잊어버려요." 플레밍이 말했다.

"그럴 수 있을지 모르겠네요." 알린이 말했다. "그는 내가 아는 사람들 중에서 가장 못된 사람……" 그녀의 눈이 촉촉해졌다. "이럴 이유가 전혀 없어요. 그에게 어떤 해도 끼친 적이 없다고요."

"내가 그 사람을 잊게 해주겠어요." 플레밍이 말했다.

"어떻게요?" 알린이 물었다.

"이 모든 것으로부터 당신을 데리고 떠날 테니까. 진눈깨비, 추위, 웨츨, 제너럴 포지 앤드 파운드리 사, 위선, 두려움, 고상한 척하기, 이중성, 복종, 괴롭힘, 타협, 정말 하고 싶은 걸 하지 못하는 것……" 플레밍이 줄줄 늘어놓았다. "알린," 그가 말했다. "당신은 내가 지금까지 살면서 만난 가장 아름다운 피조물이에요. 당신을 떠나보낸다고 생각하니 정말 미칠 것 같아요. 당신을 사랑해요. 오늘밤 나와 함께 달아납시다."

알린이 화들짝 놀랐다. "플레밍 씨!" 그녀가 외쳤다.

"당신이 해고당한 다음에 내가 뭘 했는지 알아요?" 플레밍이 물었다. "사무실로 돌아가 여러 가지 생각을 했어요. 그런 다음 회계원의 사무실로 씩씩하게 걸어가 전쟁 기금을 내놓으라고 했고, 연금 기금에 부었던 돈을 동전 하나 남김없이 싹싹 긁어 달라고 했지요. 주식 보너스로 모아놓은 주식도 몽땅 달라고 했어요." 그는 양복 상의를 젖혀서 각종 유가증권이 빡빡하게 들어찬 안주머니를 알린에게 보여주었다. "지금 여기 앉은 상태에서," 그가 알린의 손을 덥석 잡았다. "내게 7419달러 정도가 있어요. 알린, 당신이 에디 웨츨이나 그처럼 배배 꼬이고 좌절감으로 가득한 사람들을 전부 잊어버리려면 어디로 가는 게 좋을까요? 타히티 섬으로 갈래요? 아카풀코*? 리비에라**? 인도의 카슈미르 계곡은 어떤가요?"

"오, 플레밍 씨……" 알린이 자리에서 일어나며 손을 빼내려고 했다. "대단히 감사해요. 그런 멋진 말씀을 해주시다니 정말

* 멕시코 남서부 휴양지.

** 프랑스 피한지.

고맙군요. 마음속으로 항상 당신 생각을 할 거예요. 하지만 이제 그만 집으로 가는 게 좋겠어요."

"집에 간다고요?" 플레밍이 여전히 그녀의 손을 잡은 채 일어섰다. "나의 행복을 이렇게 순순히 보내버릴 거라고 생각했나요?"

"내가 당신의 행복이라고 그렇게 확신하는 이유가 뭐죠?"

"자기 모습을 제대로 본 적 있어요?" 플레밍이 말했다. "당신이 어떻게 보이는지 알고 있기는 해요?"

"웨츨 씨가 이런 말을 했어요." 알린이 말했다. "내가 나를 너무 많이 본다고요."

플레밍은 자유로운 한 손으로 주먹을 불끈 쥐었다. "그를 한 대 후려쳐야 했어요." 그가 사납게 이를 드러내며 말했다. "그를 한 대 후려갈길 수 있으면 얼마나 좋을까요!"

"당신이 그렇게 하지 않아서 얼마나 다행인지 몰라요." 알린이 말했다. 그녀는 자신을 위해 모든 것을 포기하려는 한 남자의 감정을 건드리지 않으려 애쓰며 잡힌 손을 빼내려고 했다.

"내가 남자라는 걸 당신에게 보여줄 수 있을 텐데." 아드레날린이 솟구친 플레밍이 말했다. 그리고 다음 순간 그 기회가 아직 남아 있다는 사실을 알게 되었다. 에디 웨츨이 바로 옆자리에 대기중이었던 것이다.

*

싸움은 간결했고 이견의 여지가 없었다. 플레밍은 에디 웨츨에게 손가락 하나 대지 못하고 코피를 흘렸다.

그러고 나자 바텐더가 플레밍과 에디, 알린을 쫓아내며 눈이 녹아 진창이 된 밤거리로 내몰았다. "이제부터는," 바텐더가 이미 눈물을 흘리고 있던 알린에게 말했다. "내 부탁을 들어주시죠. 당신 남자친구들을 데리고 다른 곳으로 가요!"

세 사람은 불쌍한 플레밍의 코피를 지혈하기 위해 에디의 아파트로 이어진 계단을 올라갔다. 그곳은 작고 당황스러울 정도로 황량했다. 커튼도, 카펫도, 테이블도 없었고, 앉을 데라고는 조그만 싸구려 식탁 의자 두 개뿐이었다. 침대는 플레밍이 겨우 몸을 누인 좁은 철제 간이침대뿐이었는데, 그것은 일반인에게 판매하는 불용 군수품이었다.

"오, 하느님 맙소사." 플레밍이 천장을 바라보며 중얼거렸다. "나이든 바보만큼 바보도 없다는데."

"그렇게 세게 치려던 건 아니었습니다." 에디가 말했다. "미안합니다. 사실 당신을 때리려는 마음조차 없었어요."

"당신이 날 죽여버렸으면 좋았을 텐데." 플레밍이 말했다.

알린은 부엌에서 플레밍의 코에 갖다 댈 얼음이 있나 살펴보는 중이었다. 냉장고에는 간 소시지 한 조각과 맥주 한 캔뿐이었다. 식탁이 없었기 때문에 그녀는 에디가 음식을 어디서 먹는지 궁금했다.

그러고 나서 그녀는 먹다 남은 아침식사가 냉장고 위에 놓여 있는 것을 보았다. 바로 에디가 식사를 하는 장소였다. 선 채로 말이다. 그리고 그곳에는 이 아파트의 유일한 장식품—어리둥절할 만큼 아름다운 여자의 사진이 든 금빛 액자—이 놓여 있었다.

에디가 부엌으로 들어오다가 사진을 보고 있는 알린을 발견했다. "나탈리." 그가 말했다.

"뭐라고요?" 알린이 되물었다.

"그 여자 이름은 나탈리요." 그가 말했다. "당신도 알고 있을 것 같은데요. 당신이 내 비서로 일하러 온 첫날 분명 우리 부서 모든 여자들이 나탈리 이야기를 해줬을 테니."

"맞아요." 그녀가 말했다. "당신의 결혼생활이 그렇게 되었다니 정말 유감이에요."

"그 여자가 외모만큼이나 착할 것이라고 생각했던 내가 바보지요." 그가 말했다. "아주 엄청난 실수였어요."

"그녀가 당신에게 그렇게 나쁜 여자였다면, 이 사진을 간직하는 이유가 뭐죠?" 그녀가 물었다.

"총에 맞은 남자가 총알을 기념품으로 갖고 싶어하는 것과 비슷한 심리죠." 에디가 말했다. 그는 하던 말을 얼른 마무리하며 허겁지겁 다른 주제로 넘어가려고 했다. "이봐요," 그가 말했다. "오늘 일어났던 일에 대해 미안하게 생각합니다. 당신 일자리를 뺏어서 미안해요."

"당신이 그렇게 할 수밖에 없었던 이유에 대해 아주 잘 설명해주신 걸요." 알린이 말했다. "그럴 수 있어요. 당신이 말한 대로라면 내가 뿌린 대로 거둔 게 분명하니까요."

그가 다급히 손을 내저었다. "내 말은, 아주 끔찍한 일은 아니잖아요. 당신에게는 부양해야 할 가족이나 뭐 그런 건 없잖아요."

"맞아요." 알린이 말했다. 지금 알린은 에디가 무슨 말을 하든 그에게 동의했겠지만, 그녀의 대답은 그의 텅 빈 냉장고만큼이나 공허했다. 그녀는 에디라는 신기한 표본에 너무 빠져든 나머지 자기가 하는 말에 신경을 쓸 겨를이 없었다. 그녀는 그의 결혼이 그토록 볼만하게 끝장난 이유를 이제 알 것 같다고 생각했다.

"사실," 에디가 말했다. "당신 같은 여자는 대개 회사 일에 어울리지 않아요."

"그러면 어디에 어울리나요?" 알린이 조심스럽게 말했다.

에디는 아무런 대답도 할 수 없었다. 그녀의 아름다움에 너무 혼란스럽고 두려워서, 그 아름다움이 어울릴 만한 적절한 장소가 떠오르지 않았다.

그때 불쌍한 플레밍이 길고 애처로운 신음 소리를 냈고, 에디는 대답할 시간을 조금 더 벌 수 있었다.

*

플레밍의 코피가 저절로 멎었다. 이제 그는 에디의 삐그덕거리는 간이침대 가장자리에 앉아 엉망진창이 된 자신의 인생을 애도했다.

"아주 엉망이 되지는 않았잖아요, 플레밍 씨?" 알린이 말했다. "그 돈과 연금, 유가증권을 내일 모두 다시 넣어둘 수 있어요."

플레밍이 고개를 가로저었다. "쪽지, 내가 쓴 쪽지." 그가 말했다. 알고 보니 그는 자신의 책상 위에 잘 있으라는 쪽지를 남겨두었는데, 거기에는 모든 사람들과 한판 붙을 만한 내용이 명확하게 적혀 있었다. 특히 잔소리꾼 아내와 처남인 부사장을 겨냥한 것이었다. "내가 쓴 것 중 최고의 글이고, 내가 쓴 것 중 유일하게 솔직한 글이지요." 플레밍이 말했다. "나는 그들에게 이제는 진짜 인생을 살겠다고, 남태평양으로 가서 위대한 미국 소설을 쓰겠다고 했어요." 그는 어깨를 으쓱했다. "지금쯤 내가 쓴 메모를 모두 읽었겠지요."

"그렇다면 그렇게 해요." 알린이 말했다. "진짜 남태평양으로 가세요. 정말로 책을 써요."

"당신 없이?" 플레밍이 말했다. 그녀가 자신과 함께 달아날지도 모른다는 창백한 희망이 그의 눈 속에서 순간 반짝였다.

"난 당신과 함께 가지 않아요." 알린이 말했다. "당신을 사랑하지 않으니까요. 그런 일을 저지르지는 않을 거예요."

플레밍이 고개를 끄덕였다. "물론 그렇겠지요." 그는 이렇게 말하며 눈을 감았다. "오늘 난 제정신이 아니었어요." 그가 말했다. "오늘은 내가 미쳐버린 날이에요. 내가 남자답지 못하다는 걸 보여주고 내 경력도 초라하게 망쳐버린 날이죠."

"지금이라도 아내에게, 그리고 직장으로 돌아갈 수 있어요. 당신이 원한다면 말이죠." 알린이 말했다. "모두들 이해할 거예요."

"내가 원한다면," 플레밍의 목소리가 공허하게 울렸다. "내가 원하는 건 당신이에요."

"당신은 나에 대해 조금도 몰라요." 알린이 말했다. 그녀는 에디를 향해 몸을 돌렸다. "당신도 마찬가지고요." 그녀가 말했다. "당신들 눈엔 내가 그저 예쁜 여자의 전형으로만 보이죠. 내 안에 있는 여자는 오 분마다 변할 수 있지만, 두 사람 모두 전혀 눈치채지 못할 거예요. 나는 당신이 아내에게도 똑같이 했을 거라고 생각해요." 그녀는 에디에게 말했다.

"난 아내에게 무척 잘 대해줬는데." 에디가 말했다.

"한 여자의 진짜 모습을 무시해버리는 방식으로 그랬겠죠." 알린이 말했다. "여자는 자신이 진정으로 살아 있다는 사실을 스스로 증명하기 위해 온갖 미친 행동을 해야만 해요. 당신에게서는 자신이 살아 있다는 사실을 절대로 느낄 수 없었을 거예요." 그녀가 말했다. "한 여자가 정말 나쁜 행동을 할 때," 그녀가 말했다. "그건 대부분 누군가가 그녀에게 충분히 관심을 보여주지 않았기 때문이랍니다."

그녀는 플레밍을 보았다. "나를 이렇게 유명하게 만들어줘서 고마워요." 그녀는 그 말을 남기고 떠났다.

*

플레밍은 알린이 가는 모습을 바라보다가 자리를 떴다. "때때로 틀에 박힌 생활에서 벗어나는 것도 좋지." 그가 비꼬듯 말했다. "잘 자요. 좋은 꿈 꾸고."

에디는 플레밍이 집으로 갈 거라고 생각했다. 플레밍 역시 자신이 그러리라고 생각했다.

그런데 회사 주차장 한가운데 외로이 서 있는 차를 가지러 가던 길에 플레밍은 버스를 기다리던 알린을 지나쳤고, 그녀가 그에게 집으로 갈 것이냐고 물었다.

그는 발걸음을 멈추고 곰곰이 생각하다 이렇게 대답했다. "집? 미쳤어요?" 그는 발길을 돌리더니 다시 도심 쪽으로 걸어갔다. 그리고 정말로 타히티 섬으로 떠났다.

알린의 버스는 너무 늦게 왔고, 그 덕분에 그녀를 찾던 에디가 자기 인생에서 알린을 영원히 떠나보내기 직전에 그녀를 발견할 수 있었다.

“저……” 그가 입을 뗐다. “같이 저녁 먹으러 갈래요?”

“왜 그러려고 하시죠?” 그녀가 대답했다.

“당신에게 빚을 진 것 같아서, 그 모든 일에 대해서 말이에요.” 그가 말했다.

“제게 빚진 게 없으신 걸요.” 그녀가 말했다.

“그렇다면 제 스스로에게 빚진 게 있어서요.” 그가 말했다. “저도 아름다운 여성을 제대로 대접할 수 있다는 사실을 증명하고 싶어요.” 그가 한숨을 내쉬었다. “혹은 당신에게 보여주기에 이젠 너무 늦은 건가요?”

알린은 그를 향해 애처로운 듯 희미한 미소를 보냈다. 어떤 이상적인 조건 아래 모든 걸 용서하고 잊으려는 의지를 보여주는 미소였다. “아뇨.” 그녀가 말했다. “이런 일에 너무 늦은 건 없답니다.”

Episode #6

프랑스 파리

해리 벅하트는 매사추세츠 주 렉싱턴에 있는 스캔틱 힐스 컨트리 클럽의 프로 골프 선수였다. 그의 아내 레이철은 전직 모델이자 유명한 피겨스케이트 선수였고, 이십대 초반에는 〈할리우드 아이스 리뷰〉*에 출연 제안을 받기도 했다. 하지만 그녀는 그 대신에 해리와 결혼해 주부 겸 엄마가 되었다. 당시 해리는 해양 경비 사관학교 출신으로는 최초로 연합통신이 선정한 미국 최우수 미식축구 선수였다.

두 사람 모두 서른일곱 살 때 해리와 레이철은 난생처음 유럽에 갔다. 이 주 동안 런던에서 파리로, 다시 런던을 거쳐 집으로

* 노르웨이 피겨스케이트 선수이자 영화배우 소냐 헤니의 아이스쇼 투어 프로그램.

돌아왔다. 그들은 그렇게 짧은 여행도 감당할 재정 능력이 없었다. 그래서 온 마을에서 돈을 빌렸다. 어쨌거나 그들은 여행을 떠났다. 주치의와 목사가 두 사람이 서로를 그토록 미워하지 않으려면 획기적이고 로맨틱한 무언가를 해야 한다고 충고했기 때문이었다.

그들은 아이가 넷이었고 그게 바로 결혼생활을 유지해야 할 이유였다. 지금까지 두 사람이 결혼생활을 통해 한 일은 아이들에게 생명을 선물해준 것뿐이었고, 이후로 그 애들에게 가르쳐 준 것이라곤 삶이 얼마나 허망하고 짜증스럽고 지옥 같은가 하는 것이었다.

해리와 레이철은 런던에서 꽤 즐거운 일주일을 보냈다. 맛있는 음식과 음료를 충분히 먹고 마셨으며 돈도 있었다. 그들의 마지막 남은 신용 한 조각까지 끌어모아 빌린 돈이었다. 유산으로 받은 돈도 있었다. 돈이 있을 때 두 사람은 늘 사이가 좋은 편이었다.

그들은 열차와 배를 타고 런던에서 파리로 향하는 길이었다. 칼레에서 열차에 올라탄 두 사람은 풀이 죽은 노부부와 함께 객실을 사용한다는 사실을 알게 되었다. 인디애나폴리스에서 온 그들의 이름은 아서 퍼츠와 마리 퍼츠였다. 퍼츠 부부는 육십대 중반이었다. 그들도 유럽 여행은 처음이었다.

아서 퍼츠는 눈에 보이는 모든 걸 싫어했다. "유럽은 악취가 진동해. 영국에서 구린내가 난다고." 열차가 움직이기 시작할 때 그가 벅하트 부부에게 말했다. "만약 내가 이곳 소식을 미국에 전하는 기자라면 매일 밤 이렇게 말할 거요. '유럽에선 구린내가 납니다. 아서 퍼츠 기자였습니다. 뉴욕의 NBC 나와주세요.'"

퍼츠 영감은 은퇴한 배관 도급업자였고, 자신이 런던에서 모욕당하고 사기당하고 오염되었다고 주장했다. "그리고 하느님은……" 그가 말했다. "아직 유럽에 오시지 않은 거야." 그러면서 고개를 설레설레 저었다. "그들이 내게 뭔가를 저지를 때 적어도 무슨 말을 하는지는 알겠더군." 그는 몸서리를 쳤다. "이제 궁금한 건 말이야," 퍼츠 영감이 말했다. "흥에 겨운 '빠리'에서 어떤 새로운 모험이 우릴 기다리고 있을까 하는 거야."

"그저 인생에 여유를 가져볼 수도 있잖아요, 아서." 그의 아내가 우울하게 말했다. 마리 퍼츠는 다정하고 겸손하며 늘 가슴을 졸이는 조그만 부인이었다. 그녀는 즐겁게 지내려고 노력했으나 퍼츠 영감이 가만 내버려두지 않았다.

"내가 장담하는데," 퍼츠 영감이 말했다. "프랑스인들은 미국인 여행자들에게서 돈을 뜯어내는 법을 알고 있어. 다른 데서라면 꿈도 꾸지 못할 방법으로."

"거긴 세상에서 가장 아름다운 도시라고요." 마리가 말했다.

"세상에서 가장 아름다운 도시는 인디애나 주 인디애나폴리스라니까." 퍼츠 영감이 대꾸했다. "세상에서 가장 아름다운 집은 그레이스랜드 애비뉴 4916번지고. 세상에서 가장 아름다운 의자는 그 집 거실에 있어. 만약 그 의자에 앉아 있는 동안 주머니 속에 든 돈이 사라졌다면 그저 편안하고 오래된 쿠션 뒤로 손을 집어넣기만 하면 돼. 바로 거기에 내 돈이 있으니까."

"글쎄요……" 마리가 공허하게 대답했다. "우리는 눈 깜짝할 사이에 그레이스랜드 애비뉴 4916번지로 돌아가 있을 거예요." 그녀가 연민을 구하듯 레이철 벅하트를 바라보았다. "그런 다음 두 번 다시 꼼짝달싹하지 않을 테지요." 그녀가 말했다. 다시는 꼼짝도 하지 않을 거라고 말하는 노부인의 모습은 너무 애절했고, 후회와 체념으로 가득했다.

"우리가 한 일 중에 가장 바보 같은 일이 난생처음 이렇게 꼼지락댄 거였어." 퍼츠 영감이 투덜거렸다. 그는 그 열차간 문 옆에 서로 마주보고 있는 빈 의자 두 개를 가리켰다. "저기가 세상에서 가장 현명한 두 사람의 자리라네." 그는 해리와 레이철에게 말했다. "집에 있기로 결정할 만큼 머리가 좋은 사람들이지."

퍼츠 씨는 실례하겠다고 말하고 화장실을 찾으러 복도로 나갔다. "내가 바라는 건 내게 돈이 충분히 있어서 화장실을 샀다가 다시 팔아치우는 거야. 만약 그런 게 있다면 말이지." 그가 말했다. "그렇게 사고파는 데 한 번에 백 달러쯤 들겠지."

그가 떠나자 불쌍한 마리 퍼츠는 눈물을 흘리지 않을 수 없었다. 그러고는 벅하트 부부에게 자신이 처한 상황에 대해 이야기해주었다. “저이는 일생 동안 죽어라 일만 하고 노는 법을 배운 적이 없어요.” 그녀가 말했다. “아서에게는 일하는 것보다 노는 게 더 힘든 일이죠. 이 여행은 전부 제 생각인데, 얼마나 잘못된 생각이었는지 이제 알 것 같아요. 아서는 영국에 도착하자마자 엄청 전전긍긍하면서 나머지 여행을 취소하고 그레이스랜드 애비뉴 4916번지의 집으로 돌아가고 싶어했어요.”

마리의 목소리가 점점 더 기어들어갔다. “그래서 내가 이렇게 말했답니다. 좋다고, 만약 정말로 그렇게 기분이 나쁘다면 그렇게 하라고. 그래도 하루쯤은 프랑스 파리에 가볼 수 있지 않겠느냐고 말이에요. 만약 그가 참을 수 있는 것이 그게 전부라면, 그래도 잠깐은, 어쨌거나 에펠탑과 모나리자를 볼 수 있는 시간만큼은 참을 수 있지 않겠느냐고 했지요. 우리가 프랑스 파리에 또다시 이 정도로 가까이 올 날이 있을지 누가 알겠어요? 우리 중 한 사람이라도 그레이스랜드 에비뉴 4916번지를 사방으로 에워싼 벽 너머에 있는 유명하고 아름다운 것들을 몇 개라도 보게 되는 날까지 또 얼마나 걸릴지 누가 알겠느냐고요?” 노부인이 질문 끝에 내쉰 한숨이 인간의 갈망이라는 깊고 깊은 우물 속에서 메아리쳤다.

“이제 알 것 같아요.” 마리가 말했다. “내가 얼마나 이기적이었는지.”

“절대 부인이 이기적이라고 생각하지 않아요.” 레이철이 말했다. 퍼츠 부부의 절망 덕분에 그녀는 자신이 아직 꽤나 젊고 한창때라는 것을 느낄 수 있었다. 해리와 레이철에게 늙는다는 것은 계속 빈털터리로 지내는 것보다 더 견디기 힘들었다. 나이가 지긋한 사람들과의 우연한 만남은 쉽게 받은 신용대출만큼이나 위안을 주었다.

"때때로 원하는 것을 꼭 잡아야 합니다." 해리가 말했다. 그는 재주 많은 자신의 손을, 주먹 쥔 두 손을 내보였다. 해가 갈수록 탄력을 상당히 잃어가고 있었으나, 점투성이 낙엽 같고 떨리는 퍼츠 영감의 손처럼 되기까지는 아직 갈 길이 멀었다.

"평생을 다른 사람들이 원하는 일만 하면서 살 수는 없어요." 레이철이 말했다. 그녀는 자주 그러던 것처럼 커다란 콤팩트를 쥐고 있었다. 손에 쥔 콤팩트를 딸깍 열고 닫기를 여러 번 빠르게 반복할 때마다 그 속에 든 거울이 그녀를 향해 윙크를 하는 것 같았다. 그 윙크의 대상은 마른 근육질에 이미 부드러운 외모를 상실한 갈색 머리의 백인 여자였다. 힘줄과 거친 경쟁심이 표면에 드러난 모습이었다. 아직 꽤 매력적이긴 했으나, 그녀에게 끌린 남자들은 모두 레이철이 상당히 억센 여자라는 경고도 동시에 받았다.

잘살고 있다는 해리와 레이철의 순간적인 느낌은 얄팍하고 보잘것없었다. 얼마나 얄팍하고 보잘것없는지가 이제 막 드러나려 하고 있었다. 잘살고 있다는 느낌이 젖은 휴지조각만큼이나 쉽게 찢어지려 했다. 그러나 심지어 찢어지기도 전에, 해리와 레이철은 불쌍한 마리 퍼츠에게 충고하며 자신들이 얼마나 형편없는 한 쌍인지 보여주고 말았다.

"때때로 자신만의 길을 가야 할 때가 있어요. 어떤 어려움이 닥친다고 해도 말이에요." 레이철이 말했다.

"때때로 죽을 때까지 타협하고 또 타협하기도 하지요." 해리가 말했다.

"인생은 너무 짧아요." 레이철이 말했다.

그리고 기타 등등. 두 사람은 대단히 상냥한 태도로 마리에게 충고했으나, 그건 모두 몹시 잔인한 태도로 서로에게 소리지르며 하던 말이었다.

몸집이 작고 머리가 허연 퍼츠 부인은 가슴이 졸아드는 것 같았다. "아서와 내가 잘 지내지 못한다는 뜻은 아니었어요." 그녀가 말했다. "서로가 없으면 우리는 어쩔 줄을 모를 거예요. 내가, 내가 입을 다물고 있어야 했는데. 나, 난 그저 그이가 마음을 놓고 좀더 즐겁게 시간을 보냈으면 하는 것뿐이에요. 이곳에서 그의 돈을 훔치거나 그를 모욕한 사람은 없었어요. 모두들 무척 상냥했지요. 단지 집에서 멀리 떠나와 길을 잃어버린 기분이 드는 거죠." 노부인은 잠시 생각에 잠기더니 벅하트 부부에게 자신의 결혼생활에 아무런 문제가 없다는 사실을 확신시켜줄 만한 표현을 떠올렸다. "우리는 서로 아주 많이 사랑해요." 마침

내 그녀가 말했다.

"우리 역시 서로 사랑한다고 생각합니다만." 해리가 말했다. "잘 모르겠어요. 아무렴 어때요. 살면서 별일이 다 일어나니까요."

"어쨌든 우리도 해낼 거예요." 레이철이 말했고, 콤팩트가 그녀에게 윙크했다. 거울에 비친 모습이 점점 더 마음에 들었다.

해리와 레이철이 서로에게 깊은 애정을 느끼는 순간이었다. 바로 그때 운명이 아무렇지도 않게 그 순간을 산산조각내버렸다. 복도가 떠들썩하더니, 승무원이 객실 문을 열고 비어 있던 좌석 두 개를 가리켜 보였다. 승무원이 빈 좌석으로 안내해준 커플은 젊고 빛나는 아름다운 외모에다가 사랑에 취해 정신을 못 차리는 상태였다. 청년은 수고해준 승무원에게 상당한 돈을 지불했다.

신혼여행객이 분명해 보이는, 선택받은 젊은 커플은 서로 마주보는 의자에 앉더니 매끄러운 손길로 서로를 만지며 촉촉한 귀엣말을 주고받았다.

두 사람은 서로에게 푹 빠져 있었기 때문에, 그들이 기분 나빠하지 않는 한 객실 안의 사람들은 그들을 마음껏 볼 수 있었다.

레이철은 진정한 아름다움이 무엇인지 볼 수밖에 없었고, 윙크하던 콤팩트를 치워버렸다.

젊은 여인에게 첫눈에 반해버린 해리는 부끄러운 줄 모르고 그녀를 뚫어져라 쳐다보았다.

마리 퍼츠는 자기도 모르는 사이 한숨을 내쉬었다. 그 소리가 마치 멀리서 들려오는 화물차 경적 소리 같았다.

청년은 여인에게 영국식 억양으로 말을 건넸다. 여인의 수줍은 대답으로 보아 보스턴에 거주하는 아일랜드계 사람의 억양이 분명했다. 청년은 영어만 하는 게 아니었다. 승무원과는 유창한 프랑스어로 이야기를 나눴다.

아서 퍼츠가 화장실에서 돌아왔다. 그는 새로운 승객들에게 말을 건넨 첫번째 사람이었다. "이 객실을 두 번이나 지나쳤다네." 그가 말했다. "두 사람이 여기 앉아 있는 것을 보고 객실을 잘못 찾은 줄 안 거야." 그가 요란한 소리를 내며 자리에 앉았다. "'퍼츠, 이 바보 같은 늙은이'라고 혼잣말을 했지. '프랑스 열차간에서 길을 잃다니 대체 뭐하는 짓이야?'"

"여기서는 길을 잃기가 쉬워요." 젊은 청년이 선뜻 맞장구를 쳤다. 그는 자신과 여자가 다른 객실로 잘못 들어갔다가 지금 막 제대로 객실을 찾은 거라고 설명했다.

"이 젊은이가 프랑스어를 기가 막히게 잘해요." 마리 퍼츠가 남편에게 말했다. "승무원과 이야기하는 걸 당신이 들었어야 했는데." 그녀는 젊은 청년을 향해 몸을 돌렸다. "그게 프랑스어였지요, 그렇죠?" 그녀가 물었다.

"친절하게도 몇몇 분들이 그렇게 말씀해주시죠." 젊은 청년이 대답했다.

"아서와 내가……" 마리가 말했다. "우리도 프랑스어 듣기 교본을 구해서 들어봤는데, 발음을 아주 천천히 녹음한 것으로요. 당신은 아주 빠르게 말하던데, 어느 나라 말인지 정확히 모를 정도로 말이에요. 당신 아내도 프랑스어를 하나요?"

"아닙니다." 젊은이가 말했다. "하지만 그렇게 될 거예요."

"난 절대 그렇게 되지 않을 거야." 퍼츠 영감이 툴툴거렸다.

"내가 말하고 싶은 건 딱 한 문장이에요." 마리가 말했다. "바로 '나를 모나리자와 에펠탑이 있는 곳으로 데려가줘요'라는 문장이죠." 그녀는 고개를 돌려 레이철 벅하트를 바라보았다. 레이철의 시선은 오렌지색 지붕들과 줄지어 선 포플러 나무가 내다보이는 창밖을 향하고 있었다. 하지만 사실 레이철이 보고 있던 것은 먼지 쌓인 유리창에 유령처럼 비친 모두의 모습이었다.

레이철은 속이 부글부글 끓었다.

"당신과 남편 분은 그 빅트롤라 축음기*를 써본 적이 있나요?" 마리가 레이철에게 물었다.

레이철은 그 질문을 듣지 못했다. 그녀는 창문에 비친 해리를 보고 있었고, 그가 파릇파릇하고 아담한 젊은 여성과 결혼하지 못한 스스로를 얼마나 불쌍하게 여기는지 알 수 있었다. 그녀는 눈가가 촉촉해졌지만 내색하지 않았다. 대신 미소를 짓고 여

* 미국 음반회사인 빅터 토킹 머신 컴퍼니의 축음기 브랜드명.

유롭게 팔찌를 찰랑거리며 자신이 손에 넣을 수 있었던 더 멋진 남자들을 전부 떠올렸다.

레이철에게 무시당한 마리 퍼츠가 해리에게 질문했다. "할 줄 아는 외국어가 있나요?"

"독일어요." 해리가 말했다. "독일어가 저의 제2언어입니다."

레이철이 고개를 획 돌리고 말도 안 된다는 듯 남편을 바라보았다. "뭐라고?" 그녀가 물었다.

"왜 내가 하는 모든 말을 걸고넘어지는 거지?" 해리의 얼굴이 토마토 주스처럼 붉게 물들었다.

"당신, 독일어 할 줄 모르잖아." 레이철이 말했다.

"당신이 나에 대한 모든 걸 아는 건 아니지." 해리가 말했다. "학교 다닐 때 독일어를 배웠어." 그는 자신이 낙제했다는 사실은 말하지 않았다. 자신이 어떤 사람이었을 것이고, 어떤 사람이어야 했으며, 여전히 어떤 사람일 것이라는 꿈에 완전히 사로잡힌 그는 무엇이 거짓말인지 구분할 수가 없었다. 전에는 단 한 번도 그런 생각을 해본 적이 없음에도 불구하고, 그는 정말로 자신이 두 가지 언어를 구사한다고 생각했다. 해리는 맥주의 바다를 떠올리고 디른들*로 터질 듯한 몸매를 감싼 채 왈츠를 추는, 사랑스럽고 잔소리를 하지 않는 금발 소녀들을 떠올리며 갑

* 독일의 전통 의상으로, 상반신은 꽉 조이고 치마폭은 넓은 원피스.

자기 빈이 영혼의 고향인 것처럼 느껴졌다.

젊은 청년이 이제 그에게 말을 걸고 있었다. 청년은 해리에게 독일어로 이야기하며 컹컹거리고 으르렁대는 언어의 즐거움을 함께 나누고자 했다.

"나, 난 무슨 말인지 모르겠어요." 해리가 불안하게 대꾸했다.

젊은 청년은 천천히 끊어서 다시 말해주었다.

해리는 그가 한 말이 무엇일까 궁리했다. 배에 총알이 가득찬 황소개구리*만큼 똑똑한 표정으로.

레이철의 웃음이 정적을 깨뜨렸다. 마치 샴페인 잔이 놓인 선반을 부집게로 쓸고 지나갈 때 나는 소리 같은 웃음이었다. "또 그러네!" 그녀가 요란하게 외쳤다. "어찌나 평소랑 똑같은지!"

해리가 몸을 바들바들 떨면서 천천히 일어났다. 덜그럭, 쾅하는 소리와 함께 문을 닫으며 객실을 성큼성큼 걸어나갔다.

"글쎄, 늘 저런다니까요!" 레이철은 조금도 부끄러워하지 않았다. "항상 자기가 아닌 모습을 자기라고 착각해요." 레이철이 처음 만난 사람들에게 결혼생활에 대한 불평을 늘어놓는 건 특별한 일도 아니었다. 그녀와 해리는 몇 년 동안 조금도 주저하지 않고 그렇게 해왔다. 두 사람은 자신들에 대해 조금이라도

---

* 마크 트웨인의 단편소설 「캘러베러스 카운티의 유명한 뜀뛰는 개구리」에서 개구리 달리기 경주에 이기고 싶은 주인공이 상대편의 개구리 뱃속에 총알을 채워넣은 장면을 차용한 표현.

흥미로운 내용이 있으면 아무 생각 없이 죄다 이야깃거리로 떠벌리곤 했다.

어쨌든 그런 주제는 다른 사람들 입장에서는 이러쿵저러쿵 말하기 힘든 것이었다. 객실 내에 후덥지근한 적막이 감돌았다.

잠시 후, 퍼츠 영감이 열차표와 여권을 꺼냈다. 같이 끄집어낸 여행 관련 서류들이 마치 드레싱으로 버무린 샐러드처럼 뒤엉켜 있었다. 그 광경에 퍼츠 영감은 무척이나 초조해했다. 덩달아 불안해진 다른 사람들도 각자 자기 서류를 점검했다.

대화가 다시 이어졌고 세 쌍 모두 사흘 후 런던으로 돌아간다는 사실을 알게 되었다. 그것만이 아니었다. 그들은 또다시 같은 열차간에 타게 될 예정이었다.

"모두 어떤 이야기를 하게 될지 궁금하군요." 마리 퍼츠가 말했다.

해리 벅하트는 객실로 돌아오지 않았다. 그는 파리로 가는 내내 복도에 있었는데, 담배를 너무 많이 피워서 빛의 도시 파리에 도달할 즈음에는 머리가 떨어져나갈 듯 기침을 해댔다.

열차가 역에 도착하자 레이철은 싸구려 여행 가방을 챙기듯 해리를 찾으러 밖으로 나왔다. "유머 감각은 대체 어디에 두고 온 거야?" 그녀가 물었다.

"그런 건 처음부터 없었어." 해리가 대꾸했다.

"파리에 왔어요. 여보, 프랑스 파리라고요!" 마리 퍼츠가 신이 나서 소리쳤다.

“난 기분이 좋지 않아. 정말 별로야.” 퍼츠 영감이 말했다.

젊은 커플은 내리자마자 파리의 저녁과 뒤섞여 한데 어우러졌다. 보호색도 완벽했고 청년이 그 도시와 언어에 친밀했기 때문에 길을 찾는 것도 순조로웠다.

퍼츠 부부와 벅하트 부부는 짐을 찾고 파운드를 프랑으로 환전하고 택시 기사에게 그들의 목적지를 일러주는 것까지 도와줄 통역사를 먼저 찾아야 했다.

길모퉁이에서 택시를 기다리며 레이철은 해리에게 다시 농담을 던졌다. “여기가 독일이 아니어서 너무 안됐네.” 그녀가 말했다. “독일에선 당신이 왕이었을 텐데.”

해리는 화를 좀 삭여보려고 욕을 중얼거리며 몇 걸음 걸어갔다. 그리고 가로등 아래 서 있는 젊고 예쁜 여성과 마주쳤다. 그녀는 해리에게 영어로 말을 걸었고, 해리를 영웅으로 대하는 듯한 추파를 대놓고 던졌다.

레이철이 뻔히 보고 있는데도, 그녀로부터 10미터도 떨어지지 않은 곳에 서서, 소녀는 해리에게 영웅만이 넘볼 수 있는 엄청난 사랑을 약속했다.

*

세 쌍은 각기 다른 호텔에 예약을 했으나 이곳저곳에서 얼핏얼핏 서로를 보게 되었다.

가령 해리 벅하트는 아내 아닌 다른 여자와 센 강에서 유람선을 타다가, 여행자용 프랑스어 회화책의 도움을 받아가며 강둑에서 어리둥절해하는 화가와 이야기를 나누고 있는 마리 퍼츠를 보았다.

그리고 마리 퍼츠는 그 멋진 젊은 커플이 튈르리 궁의 정원에 있는 어느 벤치에서 격렬하게 싸우고 있는 모습을 보았다.

아서 퍼츠 영감과 눈이 퀭한 레이철 벅하트는 개선문 근처에 있는 대형 미국 드러그스토어에서 마주쳤다. 퍼츠 영감은 미국산 제산제 펩토비스몰을 사는 중이었고 레이철은 염색약과 반 갤런짜리 샤넬 No. 5처럼 생긴 무언가를 사고 있었다. 그들은 서로 이야기를 나누지 않았다. 어쨌든 퍼츠 영감은 손톱이 거무죽죽했으며, 뭔가 다급하고 할 일이 많은 사람처럼 보였다.

더욱 신기한 것은 퍼츠 영감이 약사에게 프랑스어로 말을 건넸다는 사실이었다. 뻣뻣하고 콧소리가 많이 섞인, 숫염소 울음 같은 프랑스어이긴 했지만 분명하고 당당했다. 의사 전달도 성공적이었다.

그리고 사흘간의 여정이 끝났을 때, 퍼츠 영감은 통역사의 도움 없이 부인을 데리고 파리 북역으로 가서 열차에 올랐고 객실도 제대로 찾았다. 그와 마리가 제일 먼저 객실에 도착했는데, 마리는 남편에게 홀딱 빠진 상태였다.

"당신은 내가 생각했던 것보다 축음기를 훨씬 많이 들었나봐요." 그녀는 프랑스어를 배우기 위해 들었던 교본에 대해 이야기하는 중이었다.

"그걸로는 단 한 가지도 배우지 못했어." 퍼츠가 대답했다. "어떤 언어든 사람들 입에서 나오면 소음이 될 뿐이야. 누군가 나를 향해 소음을 만들어내고 나는 그를 향해 소음을 되돌려주는 거지."

"내가 종일 만든 소음은 아무도 알아듣지 못하던걸요." 마리가 말했다.

"그건 당신이 쓸데없는 말만 늘어놓았기 때문이지." 퍼츠가 말했다.

마리는 그의 핀잔을 고분고분 받아들였다. 그녀는 달콤하고 활달하고 희망적인 말을 되는대로 지껄이며 수많은 프랑스 남자들의 시간을 낭비하게 했다.

다음으로 열차에 탄 사람은 그 아름다운 젊은 여인이었는데, 이번에는 혼자였다. 파리로 향할 때는 사랑 때문에 다른 사람과 어울리지 못했다면 이번에는 잔뜩 풀이 죽어 그러지 못하고 있었다. 그녀는 퍼츠 부부에게 인사도 하지 않았다. 음울하게 자리에 앉아 생각에만 골몰했다. 지적이지만 생기 없는 분위기에 화장도 하지 않은 모습이었다.

그녀는 시계를 가지고 있었지만 보지 않았다. 뭔가를 기대하며 복도나 창문을 내다보지도 않았고, 자신과 함께 갈 누군가를 기다리지도 않았다.

마지막으로 도착한 사람은 해리와 레이철 벅하트였다. 경찰과 열차 승무원, 짐꾼, 미국 대사관에서 나온 젊은 직원과 함께였다.

해리는 술에 취해 난동을 부렸고 넥타이와 코트 단추를 풀어 헤친데다 팔꿈치와 무릎에는 커다란 얼룩이 묻어 있었다. 입술은 퉁퉁 부었고 피멍이 든 눈 주변은 과일 케이크처럼 알록달록했다.

레이철은 식인종을 지배하는 백인 여왕처럼 보였다. 검은색 머리카락을 탈색한 뒤 줄루족처럼 화려한 오렌지색으로 염색한 모습이었다. 그녀는 조금도 취하지 않고 멀쩡했다. 레이철은 불쌍한 해리가 열차에 오르는 것을 도왔다. 강인한 외모 때문에 친절이 더욱 돋보였다.

해리는 그녀의 친절을 원치 않았지만 절실하게 그것이 필요했다. 그는 그녀에게 고맙다고 했다가 지옥에나 가라고 퍼붓기를 반복했다. 한번은 고맙다고 하면서 레이철을 엄마라고 부르기도 했다.

열차가 움직이기 시작하자 해리는 도시를 향해 손을 흔들며 이렇게 말했다. "잘 있어, 파리. 잘 있어, 이 나이든……" 그는 파리를 자신과 사흘을 함께 보낸 여자라 불렀다.

사랑스럽고 외로운 아가씨는 저질스러운 해리의 인사말에 반짝 관심을 보였다가 다시 자기만의 생각에 빠졌다.

그녀에게 이런 노골적인 질문을 던질 만한 사람은 정신 나간 해리뿐이었다. "저 여자 남편에게 무슨 일이 일어났는지 한번 들어보자고." 그가 레이철을 향해 엄지손가락을 까딱하면서 젊은 아가씨에게 말을 걸었다. "그래, 당신 남편은 무슨 일이 있는 거죠?"

"붙잡혀 있어요." 그녀가 예의바르게 대답했다.

"파리가 나를 붙잡지 않은 건 확실한데." 해리가 말했다. "나는 이 도시를 방문한 사람들 가운데 가장 정을 붙이지 못한 사람 중 하나랍니다." 그는 뭔가 알겠다는 듯, 냉정한 얼굴로 퍼츠 영감을 바라보았다. 뒷문과 널어놓은 이불, 마법의 숲처럼 연기를 뿜어내는 굴뚝 사이를 달려가는 열차의 진동 때문에 몸이 앞뒤로 흔들렸다. "퍼츠 씨." 해리가 말했다.

"응?" 퍼츠 영감이 대답했다.

"잠시 단둘이 이야기를 할 수 있을까요?" 해리가 말했다.

"뭘 하려고, 해리?" 레이철이 불안한 듯 물었다.

"내 인생을 다시 시작하려고, 당신은?" 해리가 말했다.

"난 아냐." 레이철이 말했다. 그러고 다른 말은 하지 않았다.

해리는 몹시 망설이는 퍼츠 영감을 구슬려 복도로 나갔다.

"남편을 대신해서 사과드려요." 레이철이 말했다.

"괜찮아요." 마리 퍼츠가 말했다. "상관없어요. 남자들은 가끔 바보 같은 일을 저지르니까."

"남자들만 그런가요?" 레이철이 말했다. "제 머리카락을 좀 보세요."

"내 손을 봐요." 마리는 왼손에 끼고 있던 흰 장갑을 벗고 손을 들어 보였다.

"뭐가 달라졌나요?" 레이철이 말했다.

"결혼반지가 없잖아요." 마리가 말했다. "낡고 오래된……" 노부인이 자신의 결혼반지에 대해 말했다. "어딘가에 놓인 종이 한 장처럼 가느다란 벌레 같았달까요." 그녀는 감탄스럽다는 듯 눈을 크게 떴다. "지금쯤 센 강 어딘가에 있을 테지요. 인디애나폴리스로 돌아가면 아서와 나는 보석상에 가야 해요. 그가 예순다섯 살 먹은 늙은 신부에게 새 반지를 사줘야 하거든요."

잃어버린 결혼반지가 상징하는 것이 너무나 가슴 아픈 나머지 사랑스러운 아가씨도 그 이야기에 귀를 기울였다. "다리에서 반지를 잃어버리신 건가요?" 그녀가 물었다.

"루브르 박물관 화장실의 세면기 배수구에 빠져버렸답니다." 마리가 말했다. "아서와 나는 모나리자를 보러 갔을 뿐이에요.

우리가 그 멋진 그림을 감상하는 동안 아서가 그만 커다란 소리로 트림을 했어요. 그러고는 인디애나폴리스의 서클 시어터에 똑같은 복제품이 걸려 있다고 했어요. 〈새터데이 이브닝 포스트〉 표지에서 어딘가 아파 보이는 모나리자를 봤다고도 했고요. 그러면서 모나리자의 기묘한 미소는 속쓰림 때문인 게 분명하다고 하더군요."

"그래서," 마리가 말했다. "나는 화장실에 가서 울고 또 울었답니다. 그이는 바퀴벌레를 밟아 죽이듯 내 행복을 짓밟아버렸어요. 나도 모르게 결혼반지를 계속 뺐다 꼈다 했죠. 그러다 팅하는 소리가 들리더니 불쌍한 낡은 반지가 배수구로 빠져버린 거예요."

"다시 찾을 수 없었나요?" 레이철이 말했다. 의식하지 못했으나 그녀는 결혼반지와 그걸 낀 손가락을 소중히 여기며 뜨거운 주먹을 꽉 쥐었다.

"아서가 프랑스 배관공들과 사흘 동안 함께 작업을 했어요." 마리가 말했다. "비용은 아무런 문제가 아니었어요. 루브르의 배관공들이 포기하고 싶어하자 아서는 일을 계속하도록 돈을 지불했지요. 그가 파리의 거리 아래를 탐사하는 동안 나는 길 위를 탐사했어요. 우리 두 사람 중 누가 더 멋진 시간을 보낸 건지 잘 모르겠어요. 그이가 맨홀에서 나왔을 때 마치 프랑스 사람처럼 유창한 프랑스어를 구사했거든요."

"그리고 지난밤," 마리가 말을 이었다. "그가 길 아래에서 사귄 친구들이 우리를 위해 파티를 열었어요. 그들이 그에게는 왕관을 씌워주고 내게는 목걸이를 걸어주었는데, 모두 배수로에서 나온 것이었어요. 우리를 파리 하수관의 왕과 여왕으로 만들어주었답니다."

열차는 어느새 탁 트인 들판을 달리고 있었다.

"우리가 누구이고 어떤 사람인지, 늘상 무엇을 해왔는지 생각해보면," 마리 퍼츠 부인이 말했다. "인생의 황혼기를 향해 가는 이 시점에 이것만큼 멋진 영예가 어디 있겠어요. 나는 이제 그레이스랜드 애비뉴 4916번지로 돌아가 두 번 다시 꼼짝하지 않는 것, 만족해요."

열차는 제2차세계대전 때 폭격을 받아 폐허가 된 공장을 지나갔다.

오렌지색으로 머리를 염색한 레이철이 복구가 불가능할 만큼 망가진 폐허를 바라보며 말했다. "파리는 모든 사람들에게 그들이 응당 받아야할 것들을 주는 것 같군요."

사랑스러운 아가씨가 다시 한번 자신의 생각을 드러냈다. "고향이 아닌 도시들이 전부 그렇지 않나요?"

"이런 도시는 처음이었거든요." 레이철이 말했다. "한 사람이 너무나 쉽게, 너무나 많은 것이 될 수 있도록 하더군요. 파리의 모든 기차역에는 커다란 표지판이 있어야 해요. 모든 언어로 이렇게 써놓아야 하지요. '이건 모두 꿈입니다. 어서 가서 바보가 되어보세요. 그리고 무슨 일이 벌어지는지 지켜보세요'라고 말이죠." 레이철은 자신의 머리카락을 매만졌다. "지금 당장이라도 나는 잠에서 깨어날 거고 내 머리카락도 다시 검은색으로 되돌아갈 거예요."

"내 생각엔 이 색도 상당히 매력적인 것 같은데요." 마리 퍼츠가 선심 쓰듯 말했다.

"매력적이라고요?" 레이철이 기가 막힌다는 듯 말했다. "얼마나 매력적인지 이야기해드릴게요. 해리와 내가 둘 다 얼마나 매력적인지 말이에요."

"프랑스 파리에서," 레이철이 말했다. "해리와 나는 서로 다른 길로 가서 각자 간직했던 꿈을 실행했답니다. 해리는 예쁘고 어린 매춘부와 함께 갔어요. 그녀는 해리에게 내가 한 번도 준 적 없던 모든 사랑을 주었지요. 그리고 그에게서 5백 달러와 손목시계, 커프스단추를 가져갔어요. 그의 돈이 바닥나자 전화를 걸어 자신의 남자친구를 불러서 해리를 아주 걸쭉하게 두들겨 팼고."

"내가 간 길은 말이에요," 레이철이 말했다. "내가 아직도 얼마나 매력적인지 증명하는 것이었어요. 그걸 알아내기까지 그리 오래 걸리지도 않았어요. 사흘 동안 거의 호텔방에 숨어서 지내야 했죠. 내 매력에 이끌린 사람들, 사환과 술 취한 육십대 남자들을 피하려고요."

역에 가까워지자 열차가 속도를 줄였다. 그러나 멈춰 서지는 않았다. 벽돌로 만든 벽 옆을 천천히 지나가는데 거기에 2미터 높이로 커다란 글자가 적혀 있었다. '양키, 고 홈.'

레이철과 마리는 이제 젊은 아가씨의 이야기를 기다렸다. 그녀는 그들은 물론 다른 누구에게도 자신의 이야기를 한 적이 없었다. 말하고 싶지 않았다. 그게 자랑스러운 일인지 부끄러워할 일인지 혹은 다른 어떤 것인지 알 수 없었기 때문이다.

만약 그녀가 입을 연다면 레이철이 파리에 대해 했던 말이 사실이라는 것을 증명하게 될 터였다. 그녀의 이야기 역시 결혼반지와 관계된 것이므로 마리 퍼츠와도 깊은 연대감을 느낄 수 있었다. 젊은 아가씨의 이름은 헬렌 도노번이었다. 모든 이들이 보는 것처럼 결혼반지를 끼고 있었으나 헬렌은 유부녀가 아니었고 결혼한 적도 없었다.

그녀는 런던 주재 미국 대사관의 새 보조사서였다. 그녀의 가슴속에는 아직 보스턴의 향기가 남아 있었다. 정확히 육 주 동안 해외에서 지냈고, 테드 애셔라는 젊은이와 사랑에 빠지기 충분한 시간이었다. 파리에 함께 갈 만큼 충분히 그를 사랑했으며 고향에서도 충분히 멀리 떨어져 있었다.

그런 모험을 감행하기에 충분한 용기를 내기 위한 단 하나의 방법은 모든 사람들이 볼 수 있도록 결혼반지를 사서 끼는 것이었다. 여자가 파리에서 저 혼자 간직했던 바보 같은 꿈은 성스러운 결혼생활이었다. 남자의 꿈은 잠깐 동안의 가볍고 속편한 사랑이었다.

두 사람은 서로에게 혼이 나갈 만큼 겁을 집어먹게 되었고, 헬렌의 순결을 그대로 간직한 채 헤어져야 했다.

퍼츠 영감이 객실로 돌아왔고 해리는 블랙커피를 마시려고 그에게 돈을 빌려 식당칸으로 들어갔다. "그는 괜찮을 거요." 퍼츠 영감이 말했다. "이제 거의 제정신으로 돌아왔어."

"저에 대해 무슨 말을 하던가요?" 레이철이 물었다.

"당신처럼 멋진 여자가 자기처럼 건달 같은 남자를 어떻게 참고 살았는지 모르겠다고 하더군." 퍼츠가 말했다.

레이철은 해리를 찾으러 식당칸으로 갔다. 식당은 아직 문을 열기 전이었으나 해리가 처한 특별한 위급상황을 헤아려 그를 들여보내주었다. 레이철은 바로 그 위급한 상황에서 자신이 중요한 역할을 담당하고 있다는 사실을 설명한 후에야 그곳으로 들어갈 수 있었다.

퍼츠 영감이 옳았다. 해리는 거의 제정신으로 돌아와 있었다.

"안녕." 레이철이 테이블 맞은편에 앉았다.

"안녕." 해리가 말했다.

"나 혼자야." 레이철이 말했다.

"음……" 해리가 말했다. "나도 견딜 수 있을 것 같아. 당신이 할 수 있다면 말이지."

레이철은 대답 대신 그의 손을 잡았다.

"여기 앉아서 세상에서 제일 미친 일들에 대해 생각했어." 해리가 말했다. 그는 눈을 감고 콧날을 찡그렸다.

"무슨 생각?" 레이철이 물었다.

"누가 알겠어, 어느 날 우리가 사랑에 빠질지 말이야." 해리가 말했다.

"나는 이제 더이상 나를 그렇게 사랑하지 않는걸." 레이철이 말했다.

"방금 나도 나 자신과 엄청 다퉜어." 해리가 말했다. "그 둘이 이제 다시는 이야기를 나눌 것 같지가 않아."

"그럼 이제 우리 둘이 이야기를 나눌 수 있겠네." 레이철이 말했다.

그리고 두 사람은 정말로 이야기를 나누었다. 그들은 칼레에서 도버까지 가는 보트를 탄 신혼부부처럼 보였다. 물론 조금 초라한 행색이었으나 신혼부부들은 늘 비슷한 법이니까.

그 보트의 다른 한편에선 마리 퍼츠가 60센티미터 높이의 플라스틱 모형 에펠탑을 싼 포장지를 벗기는 중이었다. 남편을 위한 깜짝 선물이었다. 기압계가 부착된 일본 제품으로, 퍼츠 영감은 즉시 그 기압계 바늘이 우라강*칸에 영원히 고정되어 있다는 사실을 알아냈다.

"중요한 건 마음이지." 퍼츠 영감이 말했다. "정말 고마워."

그 배의 선미에는 젊은 헬렌 도노번이 마치 배가 지나간 흔적에 홀린 사람처럼 홀로 서 있었다. 그녀는 가짜 결혼반지를 빼서 프랑스를 향해 힘껏 던졌다.

가까운 곳에 있던 프랑스 남자 하나가 그녀의 행동을 보았다. 그러다 다가와 말을 건넸다. "실례합니다, 마담. 보여주신 드라마틱한 모습이 그냥 저의 눈에 들어와서요."

그의 이름은 가스통 뒤퐁이었고 르노 자동차의 세일즈맨이었다. 가스통은 세상에서 가장 비도덕적인 도시라고 생각하는 런던에 한바탕 시끌벅적 놀아보러 가는 중이었다. 그리고 이제 막 결혼반지를 집어던진 아름다운 여성을 발견했으니 시작부터 멋진 일이 벌어졌다고 생각했다.

가스통이 틀렸다. 헬렌은 조심스러우면서도 노골적으로 접근하는 그를 단호히 거절했다.

헬렌에게 차인 불쌍한 가스통은 런던에 도착해 악의 무리와 어울렸다. 그는 많은 사람들에게, 특히 피카딜리의 창녀 아이리스에게 아주 깨끗이 사기를 당했다. 런던에서 사흘을 보낸 가스통의 모습은 해리 벅하트가 파리에서 사흘을 보낸 뒤의 모습보다 더 심각했다.

---

* ouragan. 프랑스어로 '폭풍우'라는 의미.

헬렌 도노번은 자신이 파리에서 보낸 사흘 동안 벌어진 일들을 소재로 소설을 쓰기 시작했다. 그러나 자신이 쓴 처음 두 줄 덕분에 소설 업계 입문을 즉시 포기할 수 있었다.

"사랑은 흥미로운 것이다." 헬렌은 이렇게 적었다. "하지만 나는 사랑에 대해 모든 것을 이해할 만큼 나이가 들었다고 생각하지 않는다."

Episode #7

마지막 태즈메이니안*

논픽션 에세이(사가포낵, 1992년)**

* 호주 남동쪽에 있는 태즈메이니아 섬의 원주민으로, 1876년에 멸족했다. 1642년 네덜란드 탐험가 A. J. 타스만이 이 섬을 발견했다.

** 이 장은 보니것이 콜럼버스 항해 500주년 기념일을 맞아 쓴 에세이다.

왜 그토록 오랜 시간이 걸린 걸까? 지도를 들여다보면, 그렇게 오래 걸렸다는 사실이 쉽게 믿기지 않는다. 나는 유럽인이 이룬 아메리카 대륙의 발견 아닌 발견에 대해 이야기하는 중이다. 그 일은 1492년에야 일어났다. 사실 불과 얼마 전이나 다름없다! 여러분에게 묻겠다. 이렇게 조그맣고 항해가 가능한 행성에서 그 절반을 발견하는 건 누구라도 할 수 있지 않았을까?

무모한 사람들이 소파 크기만한 노 젓는 배 혹은 돛 달린 배를 타고 대서양을 건넜고, 하품과 〈기네스북〉에서의 간단한 언급이라는 보상을 받았다. 1492년 이전의 유럽인들을 생각할 때면, 제2차세계대전 당시 내가 보병으로 복무했던 부대의 연대장이 떠오른다. 우리는 그가 양손으로 자기 엉덩이도 찾지 못할 사람이라고 말하곤 했다.

*

약 이십 년 전 나는 인간이 태양계의 다른 위성이나 소행성, 행성에서 살아남기가 얼마나 힘든지, 따라서 우리가 이 행성을 결딴내더라도 수많은 예비 별들이 저 밖에서 대기하고 있다는 생각은 하지 않는 게 현명하다는 내용의 에세이를 〈뉴욕 타임스〉에 실은 적이 있다. 독자들이 보내온 편지가 와르르 쏟아졌고, 대부분은 내가 크리스토퍼 콜럼버스에게도 집구석에 콕 박혀 있으라고 할 사람이라고 말하고 있었다. 내가 보기에 그들은 콜럼버스가 없었더라면 유럽인들이 아직도 서반구에 대해 모르고 있을 것이고, 제너럴 모터스가 칠만 명의 근로자를 해고하지 않았을 것이고, 로스앤젤레스에 물이 부족하지 않았을 것이고, 우주 궤도 진입 도중 한 고등학교 교사가 사망하는 일이 없었을 것이라고 진정으로 믿는 것 같았다.

*

유명한 그래픽 아티스트인 소울 스타인버그는 루마니아 태생이지만 크리스토퍼 콜럼버스와 아돌프 히틀러 덕분에 지금은 뉴욕에 거주하고 있다. 그는 이런저런 시대에 예술가들이 무엇을 했는가와 연관되지 않는다면 카이사르나 나폴레옹이 언제 살았는지 등등과 같은 정치적 역사를 기억할 수 없었을 거라고 내게 말한 적이 있었다. 그는 예술사를 중심으로 그 외에 발생한 모든 일들을 연결시켰다.

나의 큰형이자 물리화학자인 버나드 보니것 박사는 뇌우의 전기화에 대해 연구했고 뉴턴의 운동법칙이나 아인슈타인의 $E=MC^2$ 등 과학적 지식을 중심으로 역사를 보기 때문에, 거기에 왕들과 제독들, 정치인들과 탐험가들 및 기타 등등을 연관시킨다. 글쟁이인 나는 문학작품을 중심축으로 만든다. 하지만 그런 전문적인 열정이 없는 대다수의 미국 시민들의 경우 선생님들이 그들에게 기억해야 할 주요 날짜를 제시해주는데, 특히 유명한 것은 다음과 같다. 노르만족이 잉글랜드를 침공했던 1066년, 그 이후 우리는 영국의 역사와 전통, 그들의 언어까지 전부 지니게 되었다. 그리고 1492년, 이 해가 없었다면 우리는 존재하지 못했을 것이다. 1776년*, 우리가 다른 나라와 노예제도, 그 밖의 모든 것들을 향한 자유의 불꽃이 되었던 해. 정확히 1941년 12월 7일, 일본군이 아무런 경고도 없이 하와이 제도의 진주만을 공격해 수많은 우리 군함을 격침시키고, 프랭클린 델러노 루스벨트 대

* 미국독립선언이 있었던 해.

통령이 "치욕 속에서 살게 될 날"이라고 탄식했던 날.

그러나 암기한 날짜를 중심으로 역사의 기준을 세우는 것에는 인류의 운명이 그때의 시간과 공간 속에 국한된, 갑자기 터져나온 사건들에 의해 지배된다고 생각하게 될 부작용이 있다. 진실은 이렇다. 우리는 내 큰형인 버나드가 항상 골몰하는 기후 시스템만큼이나 복잡하고 격변하는 여러 시스템의 장난감이라는 거다. 따라서 내가 보기에, 콜럼버스와 그가 가지고 놀던 함대에 대해 이해하는 합리적인 방법은, 그가 유럽 탐험가라는 어떤 시스템의 일부이며, 1492년에서 대략 삼십 년 전후로 이 작은 행성의 절반인 서반구의 외딴 섬들을 칠 수밖에 없었던 아열대 폭풍우의 일종이라는 것이다.

*

우리는 그토록 많은 중요한 발견들이 그러한 지식을 찾는 시스템에 의해서라기보다는 어느 날 예기치 못하게 어떤 한 사람이 이루어낸 것인 척하길 좋아하는데, 내가 생각하기에 그 이유는 다들 인생이 누구나 당첨되기를 기대할 수 있는 로토 같은 것이라고 믿고 싶어하기 때문이다. 타르수스* 출신의 사도 바오로는 다마스쿠스**로 가던 길에서 눈 깜짝할 사이에 그리스도교를 대표하는 신학자로 변신하지 않았던가? 뉴턴은 사과 한 알에 머리를 얻어맞은 후 중력의 법칙을 고안하지 않았나? 다윈은 세계일주 도중에 갈라파고스 섬에 잠시 들러 여유롭게 되새류를 관찰하다가 갑자기 진화론을 떠올리지 않았던가? 그 누가 알겠는가? 내일 아침에 조금도 알려지지 않은 누군가가, 어쩌면 당신이나 내가, 뚜껑 열린 맨홀에 쑤욱 빠졌다가 뇌진탕과 암 치료법을 얻어 다시 길 위로 되돌아올지 말이다.

갑작스러운 발견을 너무나 좋아하는 사람들에게 내가 설교 한마디 하자면, 콜럼버스가 그랬던 것처럼 사도 바오로와 뉴턴, 다윈도 어떤 수수께끼 같은 문제를 굉장히 오랫동안 고민했고, 결국엔 그 문제를 풀었거나 풀어낸 듯하다는 것, 그들이 그것을 풀기 위해 노력하는 동안 그들과 비슷한 영감을 받은 사람들도 많았다는 사실이다.

*

나는 최근에 소설가이자 때때로 텔레비전에 출연해 정치적 문제에 대해 한마디하곤 하는 유대인 친구 시드니 오핏에게 크리스토퍼 콜럼버스가 유대인이었을지도 모른다는 말을 어디선

---

* 터키 중남부 이첼 주에 있는 도시.

** 시리아의 수도.

가 들었다고 전했다.

"오, 맙소사." 그가 소리쳤다. "그게 사실이 아니길 바라네."

"자네를 기쁘게 하려고 한 말이었는데." 내가 솔직하게 말했다. "그게 사실이 아니길 바라는 이유가 대체 뭔가?"

"우리에게 골칫거리는 이미 충분하다는 말이지." 그가 말했다.

시드니는 즉시 두 가지 골치 아픈 문제를 짚어냈다. 하나는 물론 유대인을 희생양으로 만드는 게 비유대인들의 습관이라는 것이다. 그리고 또하나는, 이곳에서 점차 주류가 되고 있는 의견인데, 콜럼버스와 그 뒤를 따라온 수많은 유럽인들이 진작에 아메리카 대륙을 발견했던 사람들, 즉 아메리카 원주민들에게 가한 행위가 말 그대로 무척이나 혐오스러웠다는 것이다. 우리 두 사람의 오랜 친구이자 역사학자이며 열렬한 환경보호론자인 커크패트릭 세일은 저서 『크리스토퍼 콜럼버스와 파라다이스 정복』을 출간해 호평을 받았는데, 그 책은 당시에 작성된 문서를 근거로 콜럼버스가 영웅과는 거리가 먼, 거의 제정신이 아닌 듯 탐욕스럽고 잔인한 사람이었다는 사실을 밝혀냈다.

*

우리 친구 커크패트릭은 자신의 책에서 결론을 내리길, 해안에 도착한 유럽인들은 "그곳이 파라다이스라는 걸 어렴풋이 깨달았다…… 그러나 그들이 그동안 알아낸 사실은 자연세계의 보물과 인류의 절반을 손에 넣을 수 있다는 것이었다. 하지만 그곳에 진정한 재생의 힘이 있다는 사실은 전혀 깨닫지도 배우지도 못했고, 그 기회는 사라지고 말았다. 그들은 분명 파라다이스를 정복했다. 그러나 자연세계에 대항한 모든 전쟁이 그렇듯, 이긴 자가 잃게 될 것이며, 또다시 잃고, 아마도 영원히 잃게 될 것이었다."

쾅! 커크패트릭은 우리를 갑자기 현재로 데려온다. 그리고 우리는 반달족이 그랬던 것처럼 끊임없이 이곳을 망치고 있다. 내가 매주 만들어내는 쓰레기의 양은 분명 좋은 예가 된다. 롱아일랜드 섬 제일 끝자락에 있는, 인디언식 이름이 붙은 이 마을에서는 매주 화요일 아침 쓰레기가 수거된다. 나는 그것이 어디로 가는지 모른다. 그게 무엇이든 불과 며칠 전까지만 해도 텔레비전에서 그토록 중요해 보이던 물건들처럼 그저 사라지고 만다. 내게는 일주일에 쓰레기통 세 개만이 허락된다. 그것보다 많으면 내가 직접 어떻게든 그것들을 치워버려야만 한다. 내 쓰레기통 세 개는 이미 가득찼다. 어떻게 해야 하나? 내일 아침에 집어들 〈뉴욕 타임스〉 일요판은 그것만으로도 네번째 쓰레기통을 가득 채울 만큼 두툼하다.

*

내가 스스로를 독일인이라고 지칭하면 유럽인들은 대부분 불편한 표정을 짓는다. 지난해 시칠리아에서 상을 받았을 때 나는 미국인과 독일인으로서 감사히 받겠다는 말을 했다. 그후 몇몇 사람들이 내가 독일에서 태어난 걸 몰랐다고 말했는데, 사실 난 독일에서 태어나지 않았다. 만약 내가 1922년에 인디애나 주 인디애나폴리스가 아니라 독일에서 태어났다면 분명 동부전선*에서 시체로 썩어버렸을 것이다. 나의 부모님과 조부님도 인디애나폴리스에서 태어났는데, 우연하게도 그곳은 백인이 인디언 살인죄로 교수형을 받은 첫번째 지역이었다. 이민을 온 건 증조부모님이었다. 두 분 모두 독일인이었고, 글을 읽을 줄 아는 중산층이었으며, 농부이자 사업가였다. 다행히 그들은 그 교수형을 목격하기엔 너무 늦게 도착했다. 더욱 다행인 것은, 그들이 아프리카 흑인들을 노예로 만드는 일이나 인디언 몰살, 그러니까 미국 백인이나 스페인, 포르투갈, 네덜란드, 프랑스 사람들과 콜럼버스 같은 용병들이 이곳저곳에서 저지른 끔찍한 과거사에 한몫하기에도 너무 늦게 도착했다는 사실이다.

가장 지저분한 일들이 이미 일어나버린 후였기에, 나의 조상

---

* 제2차세계대전에서 동부 독일과 소련 사이의 전선.

들은 아담과 이브처럼 순수한 기분으로 그때까지 아무도 살지 않았거나 혹은 살지 않았던 것 같은 비옥한 땅을 골라 집을 짓고 학교와 도서관, 심포니 오케스트라 등을 세웠다. 그렇게 그들은 자식을 낳고 번성했지만, 나처럼 스스로를 계속 독일인이라고 생각했다.

*

자신들이 다름 아닌 소시오패스의 후손이라고 믿는 유럽의 귀족에 대해 슬쩍 언급하며, 발자크는 "엄청난 재산 뒤에는 엄청난 범죄가 있기 마련이다"라고 말했다. 갑자기 드라큘라 백작이 떠오른다. 그렇다, 서반구에 위치한 모든 나라의 화폐에 발자크의 명언을 새겨야 한다. 그래서 가장 최근에 이 행성의 다른 반쪽에서 이곳으로 온 사람들에게, 아마도 베트남 사람들에게, 그들 자신이 인디언의 코를 길게 자르고 눈알을 뽑고 귀를 자르고 산 채로 불태우는 등 패악을 저지른 콜럼버스 같은 미치광이의 유산을 상속받은 이들이라는 걸 상기시켜야 한다.

인디언과 아프리카인 들이 여전히 잔악 행위의 잔상을 느끼고 있는 지금, 나와 내 아이들과 손주들은 우리 가족이 절대로 인디언을 죽이거나 노예를 소유한 적이 없다고 말할 자격이 있다. 그러나 독일인들이 다른 유럽인들보다 점잖고 친절하고 분

별 있다는 말은 할 수 없다. 우리가 감히, 어떻게? 누구 제2차세계대전을 기억하는 사람 있습니까? 그 전쟁과 그 섬뜩한 서막에 대해 한 번도 들어본 적 없는 사람이 볼 수 있는 영화도 여러 편 있다. 맹세컨대, 실제로 있었던 일이다. 그 모든 것이 말이다.

하인리히 힘러는 독일인 양계장 주인인 아돌프 히틀러로부터 유대인과 슬라브인, 동성애자, 여호와의 증인, 집시 등을 대량 살상하라는 임무를 받은 사람이었다. 그는 매일같이 사람들을 고문하고 죽이는 부하들에게 심금을 울리는 연설을 하며 위대한 대의를 위해 인류애적 본능을 희생하는 그들을 치하했다.

*

독일의 또다른 하인리히, 저명한 작가 하인리히 뵐과 나는 서로 대적하는 군대에서 상병으로 복무한 적이 있었음에도 불구하고 친구가 되었다. 한번은 내가 독일인의 특성 중 근본적인 단점이 무엇이냐고 묻자 그는 '복종심'이라고 답했다. 하지만 인간을 제물로 바친 의식을 주관한 아즈텍 제사장들과 콜럼버스의 부하들이 복종했던 무시무시한 명령, 내가 이 글을 쓰기 불과 삼 년 전 천안문에서 비무장으로 평화 시위를 하던 사람들의 입을 막으려던 낡아빠진 중국 관료주의의 명령을 생각해보면, 나는 복종이 인류 대부분의 근본적인 단점이 아닌가 의심할 수밖에 없다.

*

그리고 이제 월요일이다. 절대로 잊어선 안 된다. 신세계의 이쪽 지역에서 화요일은 쓰레기의 날이다.

인류는 뇌가 너무 커서 끔찍한 동물이라고 주장한 내 책 『갈라파고스』로 상을 받기 위해 시칠리아에 머무르던 때, 갑자기 모든 사람들이 신문과 텔레비전에 나온 보도에 대해 이야기하기 시작했다. 미군의 포탄과 폭탄, 로켓을 피해 터널 속에 숨어 있던 수천 명의 이라크 병사들을 미군이 불도저로 밀어서 생매장했다는 보도였다. 나는 망설임 없이, 그렇게 무자비한 짓을 저지르는 미군은 없을 거라고 했다.

이번에도 틀렸다.

*

바로 앞 단락의 핵심 단어는 '텔레비전'과 '불도저'다. 이것들은 인간이 만든 장치이며, 로켓과 대포와 전투기처럼, 호모사피엔스의 발명품 중 가장 값비싼 인공물인 핵잠수함처럼, 명령에 따라 잔혹 행위를 저질러야 하는 새가슴 부하들을 향해 콜럼버스와 하인리히 힘러가 했던 어떤 감동적인 연설보다도 위로를 안겨주는 물건이다. 제2차세계대전 당시 우리 군이 사용하던 제일 큰 트랙터를 무언가 밀어버리기 위해서가 아니라 험한 지형에서 240밀리미터 곡사포를 끌어내기 위해 운전하도록 훈련받지 않았다면, 나도 불도저를 그런 도구로 생각하지 못했을 것이다. 만약 그 앞에 칼날 하나라도 달려 있었다면, 나는 이것저것 가리지 않고 무엇이든 밀어버렸을 것이고, 저 높은 곳, 요동치고 전율하고 노호하면서도 극도로 둔감한 대형 트럭 위에 앉은 채 앞이나 아래에서 무슨 일이 일어나는지 거의 알아차리지 못했을 것이다.

텔레비전에 대해 알아보자. 나는 그것이 우리 시대를 대표하는 특성이라고 말하려 했으나 아직 쓰레기 날을 하루 앞둔 지금은 그것이 우리 시대의 유일한 특성이라고, 최소한 미국에서는 그렇다고 선언하기로 마음을 바꿨다. 텔레비전 덕분에 아이들은 더이상 아무것도 기억하지 못하게 되었지만, 내가 우리 아이들에게 1066, 1492, 1776, 1941과 더불어 기억하라고 장려하는 또하나의 연도는 1839년이다. 『브리태니커 백과사전』에 따르면, 프랑스 물리학자인 알렉상드르 에드몽 베크렐이 그해에 "두 개의 전극을 적당한 전해액에 집어넣고 빛을 비추면 두 전극 사이에 기전력이 발생한다는 사실을 관찰"했다고 한다. 만약 빛이 전기로 전환되고, 전기가 전파로 전환되고, 전파가 전기로 다시 전환되고, 그리고 전기가 다시 빛으로 전환되면, 어머나, 짜잔! 텔레비전이네!

*

나의 양아들 스티브 애덤스는 로스앤젤레스에서 한동안 텔레비전에 내보낼 유머 대본을 썼다. 그 일로 돈은 많이 벌었으나 그는 그만둘 수밖에 없었다. 지난 두 주 동안의 텔레비전 주요 뉴스와 관련된 내용으로만 농담을 써야 하는 상황을 더이상 견딜 수 없었기 때문이다. 그러나 그렇게 하지 않으면 시청자들은 그가 쓴 농담이 무슨 뜻인지 알아듣지 못했을 것이다. 모두가 텔레비전이 위대한 스승이 될 거라고 기대했지만, 텔레비전 쇼가 능력 발휘를 너무 잘해버리는 바람에 텔레비전은 유일한 스승이 되었고, 동시에 끔찍한 스승이 되었다. 학생들이 직접 행동하면서 배우게 하지 못했기 때문이다. 가장 나쁜 것은, 과거에 무엇을 가르쳤는지는 더이상 중요하지 않고, 계속 우리가 볼 만한, 훨씬 재미있는 뭔가를 찾아냈다는 말만 한다는 사실이다.

따라서 텔레비전이 북아메리카 대륙에 만든 자취는 불도저가 남긴 것과 비슷하다. 그 속에서는 모든 것이 근사하고 깔끔하며 평면적이고 생기 없고 특색 없게 변해버린다. 그러나 시공간 연속체에서 텔레비전의 흔적에 대한 더 나은 비유는 블랙홀이다.

그 속으로 엄청난 죄악과 어리석음을, 만약 필요하다면 대륙 전체까지도 우리 의식에서 사라지게 할 수 있으니까.

*

여러 해 전 나는 시카고 대학교에서 인류학자가 되기 위해 공부했지만, 박사학위를 받지 못했기 때문에 그에 걸맞은 일자리를 찾지 못했다. 그 이후 나는 학위를 받은 동창들은 무엇이 되었는지 묻고 다녔는데, 이제 우리 주변에서 원시인들을 찾기 힘들어졌기 때문이었다. 내게 돌아온 건 그들이 '도시인류학자'가 되었다는 대답이었다. 이제 지구상에서 가장 부유한 나라의 빈민가가 그들의 사막과 빙원과 어두운 정글이 된 셈이다. 그곳에서는 미합중국 수정 헌법 제2조 덕분에 도시인류학자를 제외한 모든 사람들이 총기를 소유한 것 같다. 총알이 사방에서 날아다닌다.

앵글로색슨족 노예 소유주 제임스 매디슨이 작성한 수정 헌법 제2조의 내용은 이렇다. "제대로 규제된 민병대는 자유로운 미국 안보의 필수 요소이고, 국민들의 무기 소유 권리를 침해해서는 안 된다." 이 나라의 가난한 사람들이 날마다 서로를 죽이고 있음에도 불구하고, 콜럼버스도 분명 그랬을 테지만, 연방정부 역시 그들을 제대로 규제된 민병대로 간주하는 데 그치고 있다.

*

그리고 오, 맙소사, 잊어버릴 뻔했다! 화요일 아침이다! 오늘은 쓰레기 날이다! 쓰레기가 수북하게 쌓인 쓰레기통 위에 올라서서 일요판 〈타임스〉가 들어갈 공간이 생기도록 꾹꾹 밟아야 한다.

됐다, 이제 다 했다. 이곳에서 쓰레기를 내놓는 일과 관련된 큰 문제 하나는, 환경미화원이 수거한 쓰레기를 어디에 놓아두는가 하는 문제는 제외하고, 미국너구리(프로시온 로터*Procyon lotor*)와 주머니쥐(디델피스 버지니아나*Didelphis virginiana*)때문에 발생한다. 둘 다 잡식성이고 야행성 포유동물이며 믿기 힘들 만큼 영악스럽게 쓰레기통 뚜껑을 열어젖히기 때문이다. 콜럼버스는 물론 어떤 인간도 이곳에 도착하기 훨씬 이전에 북아메리카 대륙과 남아메리카 대륙이 바다로 분리된 적이 있다는 얘기를 들었다. 거대한 땅덩어리 두 개가 지협으로 연결되었을 때, 우리는 그곳 고유의 동물들을 받아들였고 그쪽에서도 우리 동물들을 받아들였다. 그쪽으로 건너간 동물은 미국너구리였고, 이쪽으로 건너온 동물은 신세계 유일의 유대목 동물인 주머니쥐였는데, 이는 티에라델푸에고*에서 허드슨 만**까지의 쓰레

* 남아메리카 남쪽 끝에 있는 군도.

기통에 최악의 소식이 되었다.

*

나는 인류학자가 아니며 한 번도 인류학자였던 적이 없지만, 만약 내가 인류학자 역할을 제대로 수행했다면 지금쯤 주머니쥐와 미국너구리 대신 기독교와 인디언 종교의 혼합에 대한 글을 쓰고 있을 것이다. 콜럼버스와 콜럼버스 이후에 인디언들을 만난 수많은 유럽인들이 자신이 믿고 실천하는 게 무엇이라고 생각했든 간에, 기독교 명작인 산상수훈에서 영감을 받았다고 할 수는 없었을 것이다.

커크패트릭 세일에 따르면, 타이노족은 들판을 비옥하게 만들기 위해 땅에 이콘***을 묻었다고 한다. 그건 일종의 숭배 행위였다. 그러나 콜럼버스의 동생 바르톨로메는 인디언들을 산 채로 묻어버렸다. 스페인 사람들은 수차례나, 인디언들을 한 번에 열세 명씩 발이 겨우 닿을락 말락한 높이에 목매달아 죽였는데, 예수와 열두 제자를 기리는 의미였다. 역시나 기독교인이었던 아돌프 히틀러도 그리 멀지 않은 과거의 구세계에서, 자신을 암

** 캐나다 북동쪽의 만.

*** 기독교 성화.

살하려고 모의하던 사람들을 고기를 매다는 고리에 피아노 줄로 걸어 발이 겨우 땅에 닿을락 말락한 높이에 매달아 죽였고, 전문 카메라맨에게 그 우스꽝스러운 죽음의 춤사위를 촬영하게 했다.

*

불쌍한 콜럼버스는 이제 내버려두자. 그는 자신의 시대를 살았던 인간이고, 우리 모두 그렇지 않은가? 우리 모두는 종종 다른 사람에게 나쁜 소식이 되곤 한다. 어디선가 읽은 적이 있는데, 에이즈는 국제선을 탔던 한 캐나다 승무원에 의해 이 나라로 전파되었을 거라고 한다. 그의 죄목은 무엇이었을까? 그저 사랑, 사랑, 사랑일 뿐이다. 때로는 그게 인생이다. 이제 그는 분명 콜럼버스처럼 저세상 사람일 것이다. 그리고 나는 일주일에 쓰레기 세 통으로, 마치 중국의 물고문처럼 천천히, 이 세상을 죽이고 있다.

그럼 이제 중국의 고문에 대해 이야기해보겠다. 언젠가 남자 여러 명이 종마를 부추겨, 묶여 있는 여자 한 명을 강간하는 장면을 그린 중국 목판화를 본 적 있는데, 여자는 그로 인해 곧 죽었을 거라는 설명이 달려 있었다. 그 여인은 분명 나쁜 일을 저질렀을 것이고, 그러지 않았다면 그런 일을 당하지 않았을 것이다. 꼭 그게 아니더라도, 분명히, 그녀가 자초한 일임은 틀림없을 것이다.

그런가 하면 우리 시대에는, 비록 당시 나는 어린아이에 불과했지만, 기독교 국가인 크로아티아 나치가 있었고, 그들은 사람의 눈알을 담은 그릇을 책상 위에 놓아두었다고 한다. 방문객들은 처음에 그것을 삶은 달걀로 착각하는 실수를 종종 저질렀다.

*

세월이 쏜살같이 지나가는구나! 쓰레기 날의 다음날이다! 내 쓰레기통 세 개는 다시 나의 이민자 선조들이 아무런 방해도 받지 않고 자신들이 살아갈 주택용지를 골라잡던 시절의 인디애나 주처럼 텅 빈 채 환영의 손짓을 보내고 있다. 이제 나는 반려묘 클로드에게 모든 관심을 쏟을 수 있게 되었다. 그놈은 관능적인 하얀 수컷으로, 눈 이야기를 하자면 눈동자가 하나는 푸른색이고 다른 하나는 노란색이다. 여기 이곳, 1740년에 만들어진 지도에도 나오는 이 집에는 우리 둘밖에 없다. 내 계산에 따르면, 클로드와 내가 사는 이 집은 눈에 보이지 않는 세균이 질병을 일으킬 수 있다는 이론*보다 갑절이나 더 오래되었다. 고양이

* 프랑스 세균학자 루이 파스퇴르의 세균이론.

에 대해 많은 것을 알거나 혹은 아는 척하는 한 여자는 내게 눈동자가 클로드 같은 하얀 고양이는 푸른색 눈 쪽의 귀가 들리지 않는다고 말했다.

아직은 그 말을 증명하거나 반대로 그 여자의 이론이 크리스마스 칠면조처럼 터무니없는 거짓말이라는 것을 보여줄 실험을 고안할 필요가 없다. 내가 지금 예순아홉 살이고 내 아버지가 천국이라는 신세계로 이주한 것이 일흔두 살이었으니, 내게는 클로드를 대상으로 실험할 시간이 꽤 남아 있다. 그렇게 하려면 약간의 장치가 필요할 것이고, 클로드로서는 자존심이 조금 상할 것이다. 그러나 하등동물에 대한 실험이 없었다면 이 세계는 지금보다도 더 나쁜 곳이 되었을지도 모른다. 심지어 클로드도 쥐를 잡아 죽이기 전에 고문을 한다. 크리스토퍼 콜럼버스처럼, 클로드도 성경의 팔복八福에 대해서는 전혀 아는 바가 없다.

*

롱아일랜드의 이쪽 부분은 역사상 가장 부유한 사람들 중 일부를 위한 여름 휴양지가 되었는데, 그중 대다수는 유럽인이고, 특히 독일인이 많다. 이곳은 보통 '햄프턴'이라 불린다. 클로드와 내가 정치적으로 속한 지역은 사우스 햄프턴이고, 다시 한번 말하지만 우리 마을 이름은 인디언 이름을 딴 사가포낵이다.

나는 팜비치와 몬테카를로 등에서 쓰레기를 생산하는 부자들과 함께 이곳에서 한겨울을 보내고 있다. 이는 나의 결혼생활에 생긴 문제 때문으로, 아내와 나는 이런 상태가 그저 일시적이길 바란다. 나는 그녀가 콜럼버스이고 내가 인디언이라 생각하지만, 그녀는 내가 콜럼버스이고 그녀가 인디언이라 생각한다. 그러나 우리는 상당히 침착해지는 중이다.

*

그리고 지금은 진짜 인디언, 혹은 그들이 선호하는 이름인 아메리카 원주민의 후손과 나의 관계를 돌아보기 알맞은 때다. 아내와 나는 아메리카 원주민이라 여겼던 한 남자를 맨해튼에 위치한 값비싼 레스토랑인 러시안 티 룸으로 초대한 적이 있었다. 모두가 인정하는 국경일인 추수감사절에 있었던 일이다. 그날은 1621년 현재의 매사추세츠 주 플리머스에서 영국인 침입자들이 아메리카 원주민을 환영하기 위해 열었던 축하연을 기념하는 날이다.

우리의 손님은 뉴욕 시에서 태어났지만 관습에 따라 나바호족의 장신구, 이로쿼이족의 장식술이 달린 사슴가죽, 크리족의 모카신 등 여러 부족의 전통의상으로 치장한 모습이었다. 또한 그는 아메리카 원주민 문제에 관해 얘기하는 연설자이자 저자로서, 그가 같은 부족민이라고 주장하던 사람들에 대한 훌륭한 소설을 쓴 작가로서 대단한 존경을 받는 사람이었다. 그는 절대 넥타이를 매지 않았고, 당시 러시안 티 룸은 완벽한 복장을 지키지 않는 세태 속에서 존경을 받는 곳이었으므로 규칙이 하나 있었다. 바로 남자 손님들은 모두 넥타이를 매야 한다는 것이었다.

나는 그 레스토랑에 전화를 걸어서 내가 초대한 손님의 자랑스럽고 존경할 만한 민족성을 고려해 규칙을 적용하지 말아달라고 미리 양해를 구했다. 내가 기억하기로, 우리는 연어알과 사워크림을 곁들인 블린츠를 먹고 함께 스톨리치나야 보드카를 마셨다. 그것이 전부였다. 괜찮았다. 그러나 이 년 정도 지난 뒤 여러 부족의 원주민들이, 그 남자가 그들의 대의를 숭고하게 받들었을지는 몰라도 실제로는 아메리카 원주민인 척하는 백인이라고 항의했다. 누가 알겠는가? 내가 그를 마지막으로 보았을 때 그는 월 스트리트의 주식 중개인처럼 차려입은 모습이었으나 한쪽 귀에는 터키옥 귀걸이를 하고 있었다. 가느다란 은줄로 보석을 세팅을 한 모양을 보니, 저멀리 뉴멕시코 주에서 고집스럽게 미신을 믿으며 살아가는 원주민 주니족의 수제 세공품이라는 것을 알 수 있었다.

*

이전에 다른 아메리카 원주민들과 만났을 때는 그리 애매모호하지 않았다. 젊은 시절에 나는 친구들과 어울려 애리조나 주와 콜로라도 주, 뉴멕시코 주를 배회하며 호피족과 나바호족, 그래, 주니족과 친하게 지낸 것까지는 아니더라도 가까이에서 그들을 관찰하며 두 번의 여름을 보냈다. 운 좋게도 그들의 노래도 몇 곡 듣고 춤도 몇 가지 보았으며, 백인 중개상 한두 명에게 추가 비용을 지불하는 일 없이 수공예품을 살 수도 있었다. 그러나 그 사람들이나 그들의 자손들과 손에 닿는 거리만큼 가까워지기 훨씬 전부터 내가 그들에게 동조와 존경을 보냈다는 사실은 반드시 밝혀야겠다.

인디애나폴리스에 인디언이 한 명도 없었거나 너무 적어서 그들에 대해 들어본 적도 없던 초등학교 1학년일 때조차, 나는 인디언들이야말로 백인들이 저지른 범죄의 무고한 희생자이며 그 죄는 나나 그 누구에게도 결코 용서받을 수 없는 것이라고 생각했다. 같은 반 친구들도 거의 다 그렇게 생각했고 선생님들도 그렇게 생각했다. 우리가 사는 곳이 원래 인디언들이 집을 짓고 살던 땅이었다는 걸 배웠으니 당연한 일이었다. 숲속이나 강둑을 따라 거닐 때 사방을 유심히 살펴보면 실제로 그들이 사용했던 화살촉을 발견할 수 있었다. 나만 해도 화살촉을 스무

개 넘게 모은 적이 있었다. 이토록 살기 좋은 곳을 자발적으로 떠나려는 사람이 대체 누가 있을까?

*

한평생 인디언을 사랑한 사람으로서, 나는 수많은 인디언들 가까이에 살면서도 그들을 멸시하기만 하는 백인들을 만날 때 충격을 받는다. 그렇게 많은 숫자는 아니었지만, 내 경험상 거의 대다수가 명백한 백인우월주의자이거나 사회진화주의 정당이자 로널드 레이건과 조지 부시 대통령의 정당인 공화당 소속이었다.

이보다 훨씬 끔찍한 사실이 하나 더 있다. 직접 본 적은 없지만 어디선가 읽은 바에 의하면, 나의 문학 영웅인 마크 트웨인의 절판된 글에는 그가 자주 보던 인디언이 마치 인간 이하인 것처럼, 거의 기생충이라고 묘사되어 있다고 한다. 또다시, 그 누가 알겠는가? 어쩌면 그들은 사지가 묶인 채 중국산 종마의 생식기에 의해 죽임을 당한 중국 여자와 비슷할지도 모른다. 과거 아메리카 원주민들이 당한 게 무엇이고 또 지금 무엇을 당하고 있든, 어쩌면 그들이 자초한 일인지도 모른다.

*

나는 레너드 펠티어라는 수족 사람과 정기적으로 편지를 주고받는데, 그는 가석방 없는 종신형을 두 건 선고받고 캔자스 주 리븐워스 소재 연방감옥에 수감중이다. 그가 유명해진 이유는 1975년 혼란스러웠던 총격전 당시 사우스 다코타 주 오글라라 인근의 인디언 보호구역에서 죽은 연방수사국 요원 한 명 혹은 두 명에게 치명적인 총격을 가했다는 이유로 기소된 것이 누명이라는 사실이 더욱 분명해졌기 때문이었다. 인디언 한 명도 목숨을 잃었지만 어쨌든 인디언들이 총격을 가했다는 사실에는 의심의 여지가 없다.

이곳에서 1킬로미터가 안 되는 곳에 사는 내 친구 피터 매시슨은 그 사건과 이후의 여파에 대해 『크레이지 호스*의 영혼 속에서』라는 책을 썼다. 거기서 그는 "레너트 펠티어에게 가해진 무자비한 박해는 그가 저지른 행동보다 역사와 인종주의, 경제와 관련된 문제들, 특히 인디언들의 자주권 주장이나 조약으로 묶인 지역 및 줄어드는 인디언 보호구역에서 이뤄지는 거대한 에너지 개발을 반대하는 목소리가 점점 커지고 있다는 근본적인 문제들과 더 관련이 있다"라고 말했다. 어쨌든 펠티어는 단

* 아메리카 원주민 부족인 오글라라 라코타족의 족장(1842~77). 미국 정부에 대항해 무력 투쟁을 이끌었다.

한 건의 종신형도, 아니 그런 형벌의 지극히 일부분이라도 받을 이유가 없다는 증거가 이제 드러나는 중이고, 거기에는 정말로 그 일을 저지른 남자의 고백이 포함되어 있었다.

몇 달 전, 아마도 이곳에서 쓰레기 날이라고 부르던 날, 바로 그 새로운 증거를 제시한 청원이 한 연방판사의 주목을 끌었고, 그 덕분에 펠티어는 새로운 재판을 받을 수 있게 되었다. 아직 판결은 나오지 않았지만, 어느 검사가 한 말은 그야말로 옹고집의 결정판이었다. 사실 그가 정확히 무슨 단어를 사용했는지는 모르겠지만, 그는 만약 펠티어가 살인을 저지르지 않았다고 할지라도 그만큼 나쁜 짓을 저질렀다는 건 확신한다고 말했다.•

그때 뭔가를 깨달았다. 나는 이탈리아계 미국인 무정부주의자 니컬라 사코와 바톨로미오 반제티에 대해 글을 조금 쓴 적이 있었는데, 그들은 내가 불과 다섯 살이던 1927년, 급여를 지키던 경비원을 죽였다는 죄로 매사추세츠 주에서 전기 처형을 당했다. 내가 알기로 그 당시 검사들 중 한 명이 거의 똑같은 말을, 즉 법정에서 정확히 거론할 수는 없으나 뭔가 끔찍한 죄를 저지른 건 분명하다는 말을 했다. 그때도 어느 남자가 자신이 저지른 일이라고 자백했지만 어쨌거나 그들은 '전기의자'로 보내졌다. 반제티는 그럴 시간이 되었다는 말을 듣기도 전에 마치 자기 집

• 그 청원과 그 이후에 나온 모든 조치는 기각되었다. 펠티어는 감옥에서 석방되지 못했다.

거실인 양 그 의자에 앉았다. 나는 펠티어에게 보낸 편지에 그들의 검사와 그의 검사들 사이의 유사점에 대해 쓰고, 내가 진실이라 생각하는 내용을 덧붙였다. 이 나라 지배계층에게는 1920년대 혹은 그 이전 시대의 이탈리아인도 인디언처럼 비非백인으로 보인다고 말이다. 또한 그리스인과 유대인, 스페인인과 포르투갈인도 마찬가지라고.

*

시카고 갱 두목 알 카포네에게 편지 추신으로 그의 동포 이탈리아 이민자들이 처형되어야 하느냐고 묻자, 그의 대답은 "그렇다"였다. 매사추세츠 주에서 그들을 사형시켜야 할 이유가 무엇이냐고 물으니, 카포네는 "그들은 이 멋진 나라를 배신한 놈들이다"라고 대답했다. 그것은 레너드 펠티어에게도 해당되는 말일 수 있다. 그의 성은 영어로 '공격자Pelter'와 발음이 같다. 그가 태어나고 자란 사우스 다코타 주의 주도인 피어Pierre는 '동료Peer'와 동음이기도 하다. 그 지역에서는 프랑스어식 발음이 거의 쓰이지 않는다*. 그리고 알 카포네는 탈세 혐의로 수감되었다.

* 피어(Pierre)를 프랑스어식으로 발음하면 '피에르'이다.

*

미합중국이 마치 서반구 전체인 것처럼, 반 귀머거리든 아니든 클로드가 이곳에 있는 유일한 고양이인 것처럼 글을 쓴 것에 대해 사과한다. 내가 모든 문예창작 강의에서 가르치는 첫번째 규율은, 나는 이게 좋은 규율이라 생각하는데, 바로 "당신이 아는 내용에 대해 쓰라"이다.

*

호주 출신인 로버트 휴스는 이 나라에서 가장 지성적인 예술 비평가이자 호주 역사학자인데, 그는 커크패트릭 세일의 저서 『크리스토퍼 콜럼버스와 파라다이스 정복』을 비판하는 글을 〈타임〉에 기고했다. 그가 말하길, 콜럼버스를 영웅시하는 것은 백인우월주의자를 기쁘게 해주기 위해 만들어진 신화이지만, 세일이 콜럼버스를 "작은 범선 속의 히틀러처럼, 신세계의 무고한 사람들 사이에 상륙한 병균"인 것처럼 만든 것 역시 진실과는 거리가 멀다고 했다.

휴스가 태어난 호주에서 가장 작은 주인 태즈메이니아 섬은 지구상에서 유일하게 백인들이 도착한 직후 원주민 전체가 순식간에 절멸한 장소인데, 태즈메이니안을 너무나 혐오스럽게 생각한 이주민들이 그들과 성관계를 하지 않았기 때문에 그 유전자는 혼혈에서조차 더이상 발견되지 않는다. 심지어 태즈메이니안들이 불을 사용했는지조차 확실하지 않다.

아주 오래전 시카고 대학교에서 어느 교수가 말하길, 태즈메이니안들은 백인들이 도착한 이후의 삶을 너무나 견디지 못해서 자기들끼리도 성관계를 맺지 않았다고 한다.

태즈먼 해에서의 그 모든 금욕은 1493년 카리브 해 지역에서 벌어진 자유분방한 환락과 대조된다. "배를 타고 다니는 동안 나는 대단히 아름다운 카리브족 여인을 사로잡았고 해군 제독이 직접 그 여인을 내게 하사했다…… 나는 쾌락을 취할 마음을 품었다…… 그러나 그녀는 그것을 원치 않았고, 내가 그 짓을 시작한 걸 후회할 만큼 손톱으로 나를 할퀴었다. 그러나…… 내가 밧줄을 잡고 흠씬 때리자 그녀는 듣는 사람의 귀가 의심스러울 정도로, 한 번도 들어보지 못한 비명을 질렀다. 마침내 우리는 서로 합의에 이르렀고, 이제 나는 그녀가 매음굴에서 자란 것 같다고 말할 수 있게 되었다."

이는 어느 이탈리아 귀족이 했던 말이고, 나는 이 내용을 세일의 책에서 인용했다. 해군 제독은 물론 콜럼버스였다. 여기서 세일이 언급한 이 사람은 전혀 히틀러를 연상시키지 않는다. 그 책에 히틀러에 대한 내용은 없다. 사실 히틀러는 태즈메이니아안처럼 금욕생활을 했기 때문에 성적인 문제로 비난받을 이유가 없었다.

*

제2차세계대전 당시 히틀러의 적들은 대부분 그의 고환이 하나뿐이라고 믿었다. 고백하자면, 나도 그 소문을 믿었다. 누가 그런 유언비어를 퍼뜨렸는지는 영영 아무도 모를 것이다. 그러나 베를린에서 불에 탄 히틀러의 시신을 가져간 러시아 군인들이 확인해보니, 그의 고환은 두 개였다고 한다. 나치가 강제수용소 희생자들의 시체에서 모은 지방으로 비누와 양초를 만들었다는 것 역시 사실이 아니다. 나도 소설 『마더 나이트』를 통해 그 이야기를 퍼뜨리는 데 한몫했고, 냉철한 사실수집가들로부터 받은 편지의 양은 내가 잘못된 내용을 유포하고 있다고 설득하기에 충분했다. 내 탓이로소이다, 아멘.

내가 한때 모셨던 한 상사는 모든 여자들이 한 달 중 같은 날에 생리를 하며, 모두 달님에 의해 통제된다고 믿을 만큼 어리석었다. 나는 결단코 그런 말을 전한 적이 한 번도 없다.

*

나는 코네티컷 주 그로턴의 템스 강 위에서 건설중이거나 정박해 있던 핵잠수함을 두 눈으로 똑똑히 보았고, 원할 때마다 쉽게 볼 수 있었다. 현재 작동중인 핵잠수함들 중 몇 척은, 우리도 그 중 몇 척을 가지고 있는데, 지구의 다른 쪽 반구에 사는 모든 사람들을 죽일 수 있을 만큼의 위력이 있다. 마치 지구의 반구가 두 개가 아니라 여러 개라도 된다고 생각하는 듯하다. 그렇다, 그리고 스스로 소멸하겠다고 투표할 만큼 우아함을 지녔던 소비에트 연방도 이와 비슷한 종류의, 첨단기술로 죄의식 없이 대량 살상을 할 수 있는 초고속 소형 포탄인 해저 괴물 레비아탄을 보유했다. 유럽에 의한 아메리카 대륙의 발견 아닌 발견이 끝난 지 오백 년을 기념해, 각각의 반구가 서로를 죽여야겠다고 생각했다가 갑자기 마음을 바꾼 데에는 어떤 식으로든 상징적인 의미가 있을 것이다.

적어도 바다 이쪽 편에서는 텔레비전이 우리의 위대한 스승이고 끊임없이 즐거움을 안겨주는 스승이자 유일한 스승인데, 텔레비전은 그런 마음의 변화뿐 아니라 그보다 먼저 일어난 자살 행위들을 공들여 준비하는 데 많은 공헌을 했다. 우리의 모든 적들은 텔레비전이 지나간 자리에 생긴 블랙홀 속으로 사라져버렸다. 마치 존재한 적도 없던 것처럼. 사실상 그저께까지만 해도, 우리는 오직 몇몇 나라들의 사랑만 받았다. 지금은 모든 나라들이 우리를 사랑하고, 우리는 스커트 자락이 귀까지 날려 올라간 채 너무나 사랑스러운 모습으로 길거리 환풍구 위에 서 있던 메릴린 먼로가 된 것 같은 기분을 느껴야 한다.

*

텔레비전이 아니었다면, 우리의 수많은 다채로운 표현 중 하나인 '얼굴에 달걀을 뒤집어쓰고 서 있다'*를 쓸 수 없었을지도 모른다. 이는 타당한 목적도 없이 우리에게서 빨아들인 부富로 다리와 학교, 병원 등을 무너뜨리는 이 인류 파멸의 기구에 우리가 꼼짝없이 매여 있기 때문이다.

실제로 이곳에 살지 않는 누군가에게 '얼굴에 달걀을 뒤집어쓰고 서 있다'는 말에 대해 내가 할 수 있는 한 최대한 설명을 해보자면, 필수적이고 논리적이며 어느 모로 보나 훌륭하지만 실제로는 정반대인 것으로 드러난 어떤 사업에 참여하는 것에 대해 매력적이지만 부끄럽고 혹은 마음이 끌리지만 어리석다는 것을 표현하는 말이다. 그러나 텔레비전은 우리가 다른 곳을 보게 함으로써 그러한 무기들이 눈앞에서 사라지게 만든다.

'얼굴에 달걀을 뒤집어쓰고 서 있기'를 '엄지손가락으로 항문을 틀어막고 서 있기' 즉, '똥을 누러 갈지 시계 태엽을 감을지 모른다'는 표현처럼 그다음에 무슨 일을 하면 좋을지 모른다는

* 우스운 꼴로 서 있다는 의미.

의미의 표현과 혼동해서는 안 된다.

*

로버트 휴스는 오래전부터 유럽 이주민들을 사악함 그 자체로, 그들이 괴롭힌 원주민들을 고결함 그 자체로 묘사하는 모든 사람들에게 비판을 제기했고, 내 친구 커크패트릭 세일의 책을 비난한 행위는 그것의 아주 작은 일부에 불과하다. 그러나 그게 휴스든 누구든, 콜럼버스와 그 부하들이 저지른 짓이나 서로 뒤섞이게 된 타이노족과 카리브족 사람들이 보인 행동에 대해 저술한 세일의 책을 읽고 나면, 철학적 성향의 사람들이 기회가 생길 때마다 하는 이 말을 인용하기 힘들어질 것이다. 즉, "모두에게 돌아갈 비난은 충분하다."

휴스 역시 그런 뜻은 아니었다. 내가 말할 수 있는 한 말해보자면, 그가 진정 견딜 수 없는 것은, 솔직하게도, 세일과 같은 역사학자들이 인종을 막론하고 많은 바보스러운 사람들에게 서반구의 유럽인 후손들은 여전히 악을 상징한다고, 끔찍하게 학대받은 인디언들과 흑인 노예들의 후손들은 매혹적일 정도로 순박하다고, 혹은 백인들이 그들을 괴롭히지 않았다면 그랬을 거라고 믿도록 부추기는 것이다.

세일은 그렇게 바보가 아니었다. 그가 말하려는 것은, 어쨌든 이곳에서 대부분의 권력을 손에 쥔 이들은 백인들이며, 많은 노력을 기울인다면 파라다이스에 가까운 무언가가 될지도 모를 이 생태계의 더럽고 탐욕스러운 관리인 역시 그들이라는 사실이다.

*

로버트 휴스의 고용주인 〈타임〉은 내가 불과 한 살이던 1923년 이래 매주 한 권씩 출간되었다. 내 기억에 〈타임〉이 얼굴에 달걀을 뒤집어쓰고 서 있다든가 엄지손가락으로 항문을 틀어막고 서 있는 모습을 보인 적은 단 한 번도 없었다. 다른 잡지들은 실수를 할지 몰라도, 〈타임〉은 절대로 실수하지 않았다. 창간자인 헨리 로빈슨 루스(1898~1967)는 이제 '아메리카의 시대'라고 선언했고, 그와 독자들에게 '아메리카'는 '미합중국'이었다. 그리고 〈타임〉은 이곳 백인 권력 구조의 상위에 자리한 사람들이 아무리 큰 잘못을 저질렀다 해도 그들과 지속적으로 깊은 공감을 나누었는데, 내가 보기엔 상위 계층에 자리잡는 게 쉽지 않다는 이유 때문인 것 같다. 그러나 오늘날 〈타임〉에서 일하는 저자들과 편집자들의 생활은 그다지 안정적이지 못한 듯하다. 그 대기업 안에서 그들은 그저 미약한 일부에 불과하며, 그 기업은 소수의 상위 경영진들을 부자로 만들어주기 위해 천문학적 규모의 빚을 지고 있다. 심지어 이자를 낼 수 있을 만큼의 적절한 수익도 벌어들이지 못하는 것 같다.

〈타임〉의 직원 몇 명이 경제적 조치에 따라 해고되었고, 남아 있는 이들은 1492년에 유럽인들이 커다란 배를 해안에 대고 장전된 총과 잘 다듬어진 칼을 들고 내려와 주변을 둘러보기 시작했을 때 타이노족과 카리브족이 느낀 것과 비슷한 기분일 것이다.

나는 〈타임〉이 해고했거나 해고할 사람들이 노예가 되거나 열세 명씩 처형되거나 그런 식의 대우를 받으리라고 말하려는 게 아니다. 그러나 그들은 분명 문화 적응 과정을 호되게 경험할 것이고, 제너럴 모터스가 최근 해고한 칠만 명의 근로자들도 그러할 것이며, 뭔가 특별한 일이 벌어지지 않는 한, 새로운 직장을 구하기 전까지 많은 사람들이 외로움과 지구상에서 필요 없는 존재가 된 듯한 기분을 느낄 것이다. 마지막 태즈메이니안처럼 말이다. 그들은, 그리고 헨리 로빈슨 루스가 말하는 아메리카에 살면서 실직에 직면한 다른 모든 사람들은 눈사태에 갇힌 사람처럼 그 사태에 대한 책임도, 어찌할 능력도 없다.

*

눈사태처럼 진정 거대하고 대항할 수 없는 어떤 종류의 힘에 대해 생각할 때면, 큰형과 나의 영국인 친구이자 형처럼 과학자이면서 시인이고 유머작가인 존 레이섬이 떠오른다. 몇 년 동안 그는 이국땅으로 떠난 여행자를 위한 조언을 담은 책을 집필했고, 그중 한 장은 히말라야 같은 곳에서 눈사태를 당했을 때 어떻게 대처하는가에 대한 것이었다. 첫번째 규칙, 허둥대지 말 것. 두번째 규칙, 산 채로 파묻혔다면 주변의 암석과 눈이 멈추었을 때 어디가 위쪽인지 찾을 것. 내 기억에 따르면 줄이 달린 회중시계나 조그만 로켓*을 달랑거려보면 찾을 수 있다고 했다. 아, 맞다, 만약 눈 속에 함께 묻힌 눈벌레의 행동을 관찰하면 유용한 정보를 훨씬 많이 수집할 수 있을 거라고도 했다.

마크 트웨인이 고약한 노인네가 되어 사망하기 얼마 전, 그는 존 레이섬이 쓴 것과 비슷한 책을 집필했는데, 도움을 주는 척하지만 사실은 인생이, 특히 황혼기에 얼마나 허망할 수 있는지 생각하게 만드는 책이었다. 트웨인은 에티켓에 대해 말했다. 장례식에서의 처신 방법에 대해 조언했는데, 내가 기억하기론 "반려견을 데려가지 말라"가 포함되어 있었다. 레이섬과 마찬가지로 트웨인은 그것이 육체적이든, 경제적이든, 생물학적이든, 정치적이든, 사회적이든, 군사적이든, 역사적이든, 기술적이든, 거부할 수 없는 어떤 힘들이 언제라도 우리와 사랑하는 이들이

* 작은 사진을 넣을 수 있는 메달.

누려야 마땅한 적정 수준의 행복과 건강한 삶에 대한 희망을 완전히 박살낼 수 있다는 사실에 괴로워했다. 그러나 그 속에서 흐느끼기보다는 웃기를 택했다.

*

로버트 휴스나 그와 비슷한 많은 사람들이 『크리스토퍼 콜럼버스와 파라다이스 정복』 같은 역사를 싫어하는 이유는 아마도 그것이 멀찍이 떨어진 곳에서 역사의 장엄함을 축하하기보다는 최루성 신파극 같은 역할을 하기 때문에, 다시 말해서 채찍으로 맞고 또 맞은 카리브 해의 미녀와 마지막 태즈메이니안이었던 한 여인처럼, 오래전에 사라진 누군가의 비극에 동정심을 품도록 만들기 때문이다. 그러나 그 장엄함을 구성하는 요소가 무엇이냐고 자문할 때, 내가 떠올릴 수 있는 답은 하나뿐이다. 그 모든 잔혹 행위에도 불구하고 우리들 수백만, 수천만은 아직 살아있다는 것이다.

*

결혼 전 이름은 제인 마리 콕스고 지금은 암으로 사망한 나의 첫번째 아내는 대학 시절 문학에 뛰어난 재능을 보인 학생이었고, 영어학부에서 최고 우등생으로 지명되어 최고 모범생들의 전국 사교모임인 파이 베타 카파 클럽 회원으로 선발되었다. 그런데 역사학부에서 그녀의 가입을 반대했다. 역사는 아동 포르노처럼 품위가 결여된 것이라고 그녀가 자주 소리 높여 비난했다는 이유에서였다. 물론 걱정할 필요는 없었는데, 내가 바틀릿*의 『인용구 사전』의 도움으로 그녀의 자격을 입증할 수 있었기 때문이다. 즉 볼테르의 말 "역사는 범죄와 불운의 기록일 뿐이다"나 제임스 조이스의 말 "역사는 내가 깨어나고자 몸부림치는 악몽이다" 등등. 제인의 지지자들이 이런 말들을 그녀의 적들에게 일깨워주었고, 결국 승리했다. 그녀는 파이 베타 카파의 일원이 되었다.

그 당시 제인을 알고 지낸 나는 그녀가 논란의 중심이었을 때 보여준 고집스러운 태도가 매력적이지만 방향이 잘못되었다고 생각했다. 지금은 그러지 않지만 당시만 해도, 엄청난 사상자에도 불구하고 인간의 역사는 진보하는 중이라 믿었다. 그러나 역사는 인간이 고질적으로 가장 못된 동물이라는 걸 보여줄 뿐이다.

---

* 존 바틀릿(1820~1905). 미국 작가.

*

나는 대부분이 아프리카 흑인 노예의 후손인, 미국에 사는 우리에 대해서는 거의 이야기하지 않았다. 우리 중 절반이 훨씬 넘는 사람들이 영국인이거나 스코틀랜드인, 아일랜드인, 혹은 아메리카 원주민으로 다양하다는 건 아무리 바보라도 알 수 있다. 우리 중에는 흑인만큼이나 백인도 많지만, 백인들이 나누는 점잖은 대화에서는 이런 사실이 거의 언급되지 않는다. 나치의 탱크와 전투기에 타고 있던 사람들이, 콜럼버스가 그랬던 것처럼, 거기 그려진 십자가가 나사렛 예수를 섬기는 것이라고 믿었다는 사실을 말하지 않는 것과 비슷하다.

이곳에서 흑인이라고 불리거나 스스로 흑인이라고 부르는 사람들은 규모도 작고 만만한 소수집단으로, 우리 중 약 10퍼센트에서 12퍼센트 정도를 차지한다. 그럼에도 불구하고 그들은 전 세계 문명을 위해 이 반구에서 가장 위안을 주고 유해하지 않으면서도 흥미로운 공헌을 했는데, 바로 재즈다. 개인적인 의견이긴 하지만, 그다음으로 존재 자체만으로 인생을 좀더 괜찮게 만드는 건 바로 위험한 중독을 치료하는 기관, 즉 오하이오 주 애크런의 백인 남자 두 명이 설립한 알코올중독자협회이다.

그리고 오하이오 출신의 또다른 두 남자는 날아다니는 기계를 발명했다. 그러나 그들에게 감사해야 한다고 생각하지는 않는다. 이라크를 보라. 그 기계들이 오백 년 전보다 훨씬 더 장난스럽게 무방비 상태의 인간이 품은 희망을 완전히 박살내고 있다.

*

그리하여 이런 침울한 말들과 함께, 종이 위로 이어진 나의 기이한 여정을 마치고자 한다. 타자기 앞에 놓인 부엌 의자가 나의 작은 범선이었고, 하얀 수고양이 한 마리가 유일한 승무원이었다. 나는 1492라는 숫자에서 시작해 자유롭게 떠오르는 단어와 사실과 사람들을 따라 망망대해를 떠다녔다. 여행을 하는 동안 왠지 수년 전에 만났던 연대장이 떠올랐고, 연대장은 왠지 우주탐사 같은 걸 떠오르게 했다. 그 길목에서 나는 미국너구리와 주머니쥐를 만났고, 첫번째 아내 제인과 예수와 히틀러와 핵잠수함을 만났고, 매음굴에서 자란 여자처럼 행동할 때까지 채찍으로 맞은 고결한 여인을 만났으며, 커크패트릭 세일과 로버트 휴스 등을 만났다.

세일과 휴스를 나란히 놓고 비교한 것이 이 미친 여정에서 간직할 가치가 있는 유일하고도 보잘것없는 보석이자, 멀찍이서 역사를 바라보던 휴스와 다른 선한 이들이 깨달은 장엄함의 정의일 것이다. 모든 잔혹 행위에도 불구하고 수천수백만의 우리들은 아직 무사하다는 사실 말이다. 월도프 애스토리아 호텔 연회장에서 열린 뉴욕 시티 발레단을 위한 기금 마련 만찬에 참석해 야회복 차림으로 돈을 내던 귀빈들이 떠오른다. 나도 그들 중 하나였으니 어떻게 감히 그들을 험담하겠는가? 나는 발레를 사랑한다.

*

방금 영화제작자인 캐나다 친구에게서 전화가 왔다. 그는 영양소가 공평하게 나뉘거나 아사 직전의 누군가에게 곧장 배달되는 경우에만 이 행성이 인간 크기의 포유동물 육십억 개체를 먹일 수 있다고 주장한다.

그는 호모사피엔스가 생명을 유지하기 위해 이 행성에 저지른 파괴 행위를 다룬 다큐멘터리 영화 〈우주선 지구〉의 제작비를 충분히 모았다. 그리고 내게 자문을 구했는데, 다름 아니라 인간은 "새로운 종류의 빙하이고 온혈동물이며 영리하고 막을 수 없으며, 모든 것을 게걸스럽게 먹어치우고서 사랑을 나누고, 그런 다음 다시 두 배로 커진다"라고 쓴 나의 글 때문이었다. 그는 우리에게 경종을 울리고 싶어한다.

*

그의 전화는 오늘 아침 친구에게서 온 편지를 읽던 나만의 시간 사이로 불쑥 끼어들었다. 백만 년 전의 여자친구이자 현재 이혼 소송중인 그녀는 버지니아의 불임치료 전문 내과의사에 대한 신문기사를 오려서 보냈다. 그 의사는 수년 동안 여자들에게 놀라우리만큼 건강하고 지성적이며 누구에게라도 자랑할 만한 젊은 남성들이 기증했을 것으로 추정되는 정자를 나누어주었다. 적어도 여든 건의 임신 성공 케이스에서 기증자는 바로 그 의사였다! 단 한 명의 남자가 지구에 인간 여든 명이라는 짐을 더 보탠 셈이다. 오늘 아침 라디오 뉴스에 따르면 독일 전역에 남아 있는 곰의 수는 그리 많지 않고, 모잠비크의 코끼리도 마찬가지라고 한다. 그리고 그 의사의 자녀들은 성장하여 일정 나이가 되면 모두 자동차를 원할 것이고, 또 번식을 할 것이다.

역사를 통틀어 유일하게 노예 반란에 성공한 아이티 섬의 어느 호텔 수석 웨이터는 자신에게 자식이 스물아홉 명 있다고 내게 자랑했다. "내 정자는 아주 튼튼하답니다." 그가 말했다. 롱아일랜드 해변에는 요즘 엄청난 수의 고래 시체가 파도에 밀려온다. 이 두 가지 사실 사이에 어떤 연관이 있을 것이다. 또 한편으로는 지난 화요일에 내가 쓰레기통에 버렸던 페인트 리무버와 살충제 탓일 수도 있다.

*

1992년의 인류 운명에 대해 좀더 낙관적이지 못하고 희망을 안겨주지 못해 유감이다. 이는 나 자신이 적당히 튼튼한 정자를 지녔고, 세 아이의 아버지이며, 그 대가로 그들이 내게 일곱 명의 손주를 안겨주었기 때문이다.

나는 스코틀랜드인과 잉글랜드인과 아일랜드인의 유전자가 뒤섞인 나의 모든 후손들이 평화로운 동네에서, 책과 음악과 사랑과 좋은 먹거리가 가득하고 안전한 집에 산다고 말할 수 있어 행복하다. 객관적으로 보면, 그들은 분명 1492년과 그 이후 역사의 수혜자다. 그러나 지구의 두 반구가 매일매일 적어도 천 칼로리 이상의 영양분을 필요로 하는 사람들로 가득차 있는 지금, 그런 상태가 앞으로 얼마나 지속될 수 있을지 모르겠다. 게다가 지금 당장 사방에서 굶어죽는 남자와 여자, 아이들이 너무나 많은데도, 우리의 텔레비전은 그들이 블랙홀 속으로 흔적도 없이 영원히 사라져버리기 전에 그 모습의 지극히 일부를 보여주는 것조차 어려워하고 있다.

인류학자인 내가 그곳 사람들과 함께 사라지는 문화에 대해 조금이라도 말할지 모른다는 기대를 하고 있을지 모르겠다. 그러나 나는 어느 문화에서도 죽음이 닥치기 직전에는 굶주림뿐이라고 생각한다. 베르톨트 브레히트는 "먹는 것이 먼저고, 도덕은 그 다음이다"라고 말했다.

나는 마지막 태즈메이니안들이 보여준 금욕의 부족이나 수치심, 영아 살해가 모두 식량 공급에 맞춰 인구를 조절하는 계획이라는 로마 가톨릭 교회의 의견에 동의한다. 그것들은 현실적으로 말이 안 된다. 죽은 누이의 아들인 내 양아들은 페루의 안데스산맥 동쪽 사면에 자리한 한 마을에서 평화유지군으로 일했다. 그의 임무는 외부에 거의 알려지지 않았던 그곳 사람들에게 가장 필요한 것이 무엇인지, 좀더 발달한 문명세계가 그들에게 무엇을 줄 수 있는지 알아내는 것이었다. 그런데 그들이 원하는 것이 비싸기도 한데다가, 정말이지 딱 한 번 쓰고 버려야 하는 콘돔으로 밝혀졌다. 우리 정부는 분명 허가해주지 않았겠지만, 만약 그가 콘돔을 줄 수 있었다면 그들은 그것을 사용한 뒤 아마존 강 지류에 던져버렸을 것이고, 운이 좋다면 그것은 스트링 비키니 차림의 매력적인 여자들이 있는 이파네마 해변까지 흘러갔을 것이다.

따라서 나는 일이 글러버렸다고 말할 수밖에 없다.

*

위로의 의미로, 현재의 경제 위기가 닥치기 전인 1937년 즈음, 위대한 독일계 미국인 신학자인 라인홀드 니부어(1892~1971)

가 세계공황의 시름 속에서 바친 기도문을 보여주고자 한다. "하느님, 제가 바꿀 수 없는 것들을 받아들일 수 있는 침착함과 가능한 것을 바꿀 수 있는 용기와 그 둘을 분별할 수 있는 지혜를 내리소서."

1992년 사가포낵에서

Appendix

로봇빌과 카슬로우 씨•

• 이 글은 보니것의 미완성 SF단편소설이다. 멋진 이야기가 될 수 있는 가능성은 있지만 내용이 중간쯤에서, 타이프 친 원고의 어느 페이지 상단에서 멈췄다. 결말이 존재하는지는 알려지지 않았고 오늘날까지 발견된 것도 없다.

네가 오래된 공립학교로 돌아간 것은, 어느 흐린 날 석양이 질 무렵이었다. 교장과 야간 경비원, 문제아만 남아 있을 시간. 너는 우연히 마을을 지나가다가 알 수 없는 충동에 이끌려 너의 학교로 돌아간다. 너는 이 마을에서는 십오 년을, 이 행성에서는 오 년을 떠나 있었다. 너는 화성에서 지냈다. 이 학교는 네가 어린 시절을 보낸 마을에서 아직 너를 기억하는 누군가가 있을지 모르는 몇 안 되는 장소 중 하나다.

콘크리트를 거칠게 다듬어 만든 학교 주춧돌은 마치 화강암 같아 보였고, 그 위에 '제14호 에이머스 크로즈비 학교'라고 적혀 있다. 너는 그것을 보면서 에이머스 크로즈비가 누구였는지 잠시 기억을 되짚는다. 그는 포경선 선장이었다. 마을은 한때 고래잡이 기지였고, 아직도 '작살 시티'라는 별명으로 불린다. 이곳은 지저분하고 가난하다. 네 아버지는 이곳 신발 공장에서 일했다. 그 공장은 문을 닫았고, 네 아버지와 수천 명의 노동자들은 다른 곳으로 떠나야 했다.

너는 주춧돌에 쓰인 로마 숫자를 판독하고서, 그 건물이 세워진 지 육십일 년이 되었을 때 제3차세계대전이 시작되었다는 걸 계산한다. 흉측하게 쌓아올린 벽돌 더미의 나이가 이제 일흔여섯 살인 셈이다. 크고 밝은색 화살표 모양 새 표지판이 학교 반대쪽을 가리키고 있고, 원자와 우주선 그림으로 눈길을 사로잡는다. 표지판에는 '뉴인더스트리얼 공원'이라고 적혀 있다. 그리고 아래에 '작살 시티는 우주 시대에 걸맞는 도시입니다'라고 쓰여 있다. 한편 어떤 공공기물 파손자가 그 표지판에 드라이버 같은 걸로 크고 깊게 글자를 새겨놓았다. '로봇빌'. 글자는 1.2미터 높이에 있다.

너는 이미 뉴인더스트리얼 공원에 대해 안다. 네가 묵은 호텔 직원이 말해주었으니까. 시장이 기공식에서 테이프를 끊으며 축성한 거대하고 텅 빈 땅이었다. 새로운 산업들을 그곳에 들어선 빌딩에 유치하기로 되어 있었지만, 지금까지 어떤 새로운 산업도 들어오지 않았다.

겨울처럼 찬 공기가 아직 낮게 깔린 엷은 석양빛에 머물러 있다. 매서운 추위는 아니지만 어쨌든 뼛속까지 파고드는 추위이다. 너는 너를 추위에 떨게 하는 것이 황량함이라는 사실을 차츰 깨닫는다. 길을 따라 늘어선 집들 중 열에 아홉은 어둡고 텅 빈 채 매물로 나와 있다.

너는 예전의 학교가 아직도 학교인지 궁금하다. 운동장에 기다란 자전거 보관대가 있는 걸 보며 그렇다는 것을 안다. 보관대에 자전거는 한 대였는데, 방과후 학교에 남은 어떤 소년의 것이 분명하다. 자전거는 앙상한 뼈대만 남았고 바퀴의 흙받이와 체인 가드, 손잡이도 없다. 뼈대는 녹이 슬었다.

너는 정문으로 다가서서 네 학창시절에 그랬던 것과 똑같이 엉성한 방법으로 문이 잠겨 있다는 것을 발견한다. 자물통에 달린 사슬이 안쪽 놋쇠 손잡이에 둘둘 감겨 있다. 네가 문을 흔들자 사슬이 철컹철컹 소리를 낸다. 너는 이것이 밤에 경비원을 부를 때 늘 사용하던 방법이라는 사실을 떠올린다.

너는 경비원이 네가 학교에 다닐 때 경비원이었던 펜싱톤 씨가 아니라는 사실을 이미 안다. 루이스빌에서 로봇에 저항하기 위해 일어났던 홈 가드 전투에서 그가 전사했다는 것도 안다. 네 기억 속에 그는 선생님을 기쁘게 하지 않는 학생들을 당당하게 혼쭐내던 거인이다.

지금 새로운 경비원이 지하에서 강철 디딤판을 딛고 올라온다. 그가 펜싱톤 씨가 아니라서 싫다는 게 부당하긴 하지만 어쨌든 너는 그가 싫다. 그는 삼십대이고 마른 편이며 매를 연상시키는 얼굴에 머리가 약간 벗겨졌다. 그가 누군가를 기다린 듯 서둘러 계단을 올라온다. 너를 보고 실망한 기색을 내비치더니 너를 들여보내주지 않으려 한다.

"위원회에서 왔소?" 그가 유리 저편에서 묻는다. 위원회에서 온 사람이 아니라면 방해받고 싶지 않다는 게 목소리에서 분명히 드러난다.

"아뇨." 너는 말한다. 너는 그에게 아무 의미가 없을 수도 있지만 네가 알고 있는 단 하나의 이름으로 그의 주의를 끌려고 노력한다. "카슬로우 씨를 만나고 싶은데요." 너는 말한다. 카슬로우는 네가 학교 다닐 때 그곳 교장이었다. 그가 아직 교장일 확률은 매우 낮다.

그 말을 들은 경비원이 속으로 의심을 품는다. "당신은 그 사람 편이오?" 그가 말한다. 분명히, 카슬로우는 어떤 논쟁의 한쪽 편이고 이 경비원은 그 반대편이다.

"이곳에서 공부했습니다." 너는 말한다.

"다른 날 오시오." 그가 말한다. "카슬로우는 지금 당신을 만날 수 없소. 위원회를 기다리는 중이오." 그가 발걸음을 떼려고 한다.

너는 분개한다. "이봐요!" 네가 그의 등에 대고 소리치며 문을 흔들자 사슬이 철거덕거린다. 그는 멈춰 서서 불쾌한 표정으로 너를 본다. 너는 그가 진짜 멍청이라고 생각한다. 그의 표정

때문이 아니다. 수년 동안 본 적 없는 제3차세계대전 제대 배지를 자랑스럽게 달고 있어서다. 그 전쟁이 끝난 직후에도 바보가 아니면 그런 배지를 달고 다니는 사람은 없었다. 군인으로 복무한 것은 특별한 일이 아니었다. 노인과 여자, 심지어 아이들까지 들고 일어나 로봇과 대항한 전쟁에서는 더욱 그랬다. 그런데 몇 년이 지난 지금, 제대 배지가 영광스런 훈장이라고 생각하는 괴짜가 여기 있다니.

너는 목청을 높여 그에게 엄청난 거짓말을 한다. "나를 들여보내주는 게 좋을 겁니다!" 너는 말한다. "나는 시장의 친구거든요!" 호텔 사환이 네게 시장은 왕성한 활동가에다가 장래도 유망한 인물이라고 했다. 그러나 너는 시장의 이름을 잊어버렸다.

너의 외침은 경비원에게 예상했던 것보다 더 큰 충격을 준다. 그는 네 말을 믿기에도 겁이 나고 믿지 않기에도 겁이 난다. 마치 마법 같은 무언가가 솟구쳐 다음에 취할 행동을 알려주기라도 할 것처럼 자신의 정수리를 만진다. 그 몸짓이 결정적 증거다. 그건 예전에 전쟁 포로가 하던 몸짓이다. 경비원이 만진 것은 적군 외과의가 그의 두개골에 심어놓은 가느다란 은색 안테나다. 그 안테나는 그가 정확히 무엇을 해야 할지 말해주었다. 안테나가 공중에서 무선 신호를 잡아 그의 뇌에 보내주었다. 전쟁 내내 그를 로봇으로 만들어버린 것이 바로 그 안테나였다.

*

너는 그가 로봇이었기 때문에 미워하는 것이 아니다. 그도 어쩔 수 없었을 테니까. 그 안테나가 심어진 시점부터 전쟁이 끝날 때까지 그의 삶은 백지였다. 그저 그는 어느 날 잠에서 깨어나 전쟁이 끝났다는 이야기를 들었을 뿐이며, 자유의 몸이 되었다. 더이상 그 누구도 그를 무선으로 조종하지 않을 것이었다. 무선으로 조종되는 동안 그는 놀라운 일들을 했고 적들을 위해 살인도 했다. 그를 비난할 수는 없다.

만약 네가 그를 보면서 조금이라도 메스꺼움을 느낀다면 그건 동정심 때문이다. 네가 아는 예전 로봇 몇몇은 전쟁중에 저지른 행동 때문에 스스로를 증오한다. 그것보다 더 나쁜 것은 언제라도 다시 로봇으로 돌아갈 수 있다는 사실을 알면서도 계속 살아가야 한다는 것이다. 적군이 그들의 머릿속에 설치한 장치에 손을 댔다가는 죽을 수도 있다.

법이 그들을 보호한다. '로봇 밴드'라고 알려진 주파수 대역에서 무선 신호를 보내는 것은 가장 심각한 범죄다. 그 대역은 예전 로봇 중 마지막 하나가 죽을 때까지 사용 금지다.

예전 로봇이자 학교 경비원인 그는 지금 마지못해 너를 들여보내기로 한다. 그가 사슬을 풀고 문을 열면서 말한다. "정말로 잭 시장의 친구요?"

"잭 시장과 나는 이런 사이지요." 너는 이렇게 대답하고, 손가락 두 개를 겹쳐보이며 그의 코앞에서 흔든다.

건물 안으로 들어선 너는 희미한 학교 냄새를 맡으며 향수에 젖는다. 변한 게 없다. 너는 이게 무슨 냄새인지 궁금하다. 분필일까, 연탄일까, 아니면 아이들의 숨결일까? 너는 금방이라도 무너질 것 같은 이 학교가 사실 영광스럽고 오래된 자유의 요새였음을 기억한다. 이곳은 자유롭지 못한 누군가를 향한 용기와 사랑, 유치한 멸시로 아직 활기가 넘친다.

"시장이 늦는군요." 경비원이 말한다.

"할 일이 있을 테니." 너는 뭔가 안다는 듯 미소를 지으며 말한다.

"시장은 올 거요." 경비원이 말한다. "그러지 않으면 그 늙은이가 위원회를 다시 곤경에 빠뜨릴 테니까."

"늙은이라고요?" 네가 묻는다.

"카슬로우 말이오." 너의 질문에 놀란 경비원이 답한다. "또 누가 있겠소?" 그가 또다시 자신의 정수리를 만진다. "시장이 오늘 그를 해고할 거요, 그렇지 않겠소?" 그가 말한다. "이번에는 그가 저지른 부정행위에 대한 증거를 가지고 있으니까."

너는 고개를 끄덕이고 걱정하면서도 경계를 늦추지 않는다. 무언가 사악한 일이 진행되고 있다.

경비원이 가까이 다가오고, 너는 그가 속삭이듯 말하는 소리를 듣는다. "누가 그 포스터를 찢어버렸는지 알고 있소." 그가 말한다. 그는 고개를 설레설레 젓는다. "아이들 짓이 아니지. 그 늙은이가 직접 한 짓이오!" 그는 게시판 옆에 놓인 쓰레기통으로 가서 구겨진 포스터 두 장을 끄집어낸다. "한 시간 전에 그가 직접 손으로 찢는 것을 보았소."

너는 포스터를 살핀다. "예전 전쟁 포로도 인간이다……" 그 포스터에 적힌 말이다. "그들의 특정 요구를 존중하라." 그 인용문은 할랜 잭 시장이 했던 말이다. 함께 그려진 그림은 신을 바라보는 듯한 이상적인 가족의 모습이다. 하지만 그들이 보고 있는 것은 세상에서 가장 초자연적 물체인 무선 안테나다. 다른 포스터에 등장한 인물은 비극적일 정도로 잘생긴 남자다. 그는 오른손 손가락을 정수리에 가볍게 얹고 있다. 그리고 경비원처럼 제대 배지를 자랑스럽게 달고 있다. 포스터에 "그는 최대한 봉사하겠노라 청할 뿐이다"라고 적혀 있다. 그것도 잭 시장이 한 말일 것이다. 그리고 네가 보는 것처럼 두 장의 포스터는 '예전 전쟁 포로의 친구 위원회'라는 단체가 제작한 것이다.

악몽처럼 불쾌한 감정이 솟구친다. 예전 전쟁 포로에게 그토록 활동적이고 열정적인 친구들이 있다는 사실 자체가 말이 안 된다. 네가 아는 한, 그들은 절대로 차별당하지 않았고 열등한 계층이라고 느낄 만한 취급을 받은 적이 한 번도 없다. 전쟁에서 살아남은 수천 명이 순식간에 흩어져 평범한 인생을 사는 평범한 시민이 되었다. 너는 왜 그들이 모여야 하는지, 왜 그들이 하나의 집단으로서 세간의 이목을 집중시키려고 하는지 알 수 없다.

너는 좀더 많은 단서를 찾아본다. "나, 난 당신이 달고 있는 제대 배지를 보았어요." 네가 말한다.

"잭 시장이 그리 말했소, 그렇지요?" 경비원이 걱정스럽게 묻는다. "그가 '이제 떼어내라'고 말했소?" 그의 손이 배지로 향하더니 시장의 명령에 따라 그것을 떼어낼 준비를 한다.

"아니, 아니에요……" 너는 말한다, "시장이 다른 명령을 내릴 때까지 달고 계십시오." 너는 잭 시장이 사람들의 애국심을 부활시키고 있다고 오해하며 도가 지나친 말을 해서 일을 그르친다. "오늘 아침 서둘러 옷을 입으면서," 너는 말한다. "배지를 다는 걸 잊어버렸거든요."

그가 손으로 너의 팔을 툭 치며 형제를 만난 듯 좋아한다. "당신도 예전 전쟁 포로였군!" 그가 말한다.

너는 고개를 끄덕이지만 그건 사실이 아니다.

"왜 회의에서 한 번도 보지 못했던 거요?" 그가 말한다.

"마을을 떠나 있었습니다." 네가 말한다.

"청원서에 서명했소? 이게 가장 최근 것인데." 그가 말한다. 너의 대답은 분명 그에게 중요하다.

"아직 안 했습니다." 마침내 네가 대답한다.

그가 작업복 호주머니에서 청원서를 꺼내 펜과 함께 들이민다. "서명하시오." 그가 말한다.

너는 청원서를 읽는다. "우리, 여기 서명하는 예전 전쟁 포로는," 네가 읽는다. "공공관계 법안 1126호, 즉 로봇 노동력을 산업에서 사용토록 허가하는 모리스-에임스-매클렐런 법안의 즉각 승인을 정중하게 촉구합니다." 카본지에 흐릿하게 인쇄된 경비원의 청원서에는 대략 서른 명의 서명이 있다.

너무 강한 혐오감을 느낀 나머지 너는 펜과 청원서를 바닥에 떨어뜨리고 만다. 너는 성큼성큼 걸어 일층 복도로 가는 계단을 오르고, 계속 걸어 카슬로우 씨의 사무실로 간다. 이제 너는 예전 전쟁 포로이자 예전 로봇이 다시 로봇으로 사용되길 원한다는 사실을 안다.

*

너는 카슬로우 씨의 사무실 문으로 조용히 다가선다. 그의 사무실은 네가 학교 다닐 때와 변한 게 없다. 공공건물 특유의 추레함은 여전하고, 가구는 낡았고, 밖으로 노출된 파이프에는 세월이 흐르면서 페인트칠이 떨어져나가 지저분한 베이지색과 녹색이 언뜻언뜻 드러난다. 그리고 독립선언서 복사본 액자, 셰익스피어 석고 흉상, 조지 워싱턴 초상화, 찌르레기 둥지, 가정경

제 수업시간에 만든 알록달록한 커튼 등 자유와 자연과 문명의 오랜 유물들이 있다. 너는 제3차세계대전으로 인해 단 하나의 유물도 더해지거나 없어지지 않았다는 사실에 기뻐한다.

열 살짜리 소년이 목재 팔걸이의자에 앉아 있다. 바깥에 홀로 서 있는 자전거의 주인이다. 소년은 의자의 팔걸이가 불편한지 땀이 밴 손바닥으로 그것을 위아래로 더듬으며 편한 위치를 찾아내려 하지만 찾지 못한다.

책상 앞에 앉은 카슬로우 씨는 안절부절못하는 소년에게 주의를 기울이지 않는다. 그는 근엄한 자세로 증명서 같은 것에 서명을 하고 있다. 시장과 위원회가 오는 것에 대해서도 그리 걱정하지 않는 것 같다. 너는 큰 소리로 목청을 가다듬지만 그는 놀라지도 않고 즉시 고개를 들지도 않는다. 네가 기억하는 그는 배짱이 두둑하며 다부지고 위엄 있는 사십대 남자였고, 찢어지게 가난했다. 신체적으로 머리카락을 제외하고는 놀랄 만큼 변함이 없다. 지금 그의 머리카락은 하얗다.

"으음?" 마침내 그가 고개를 들며 말한다. "선발대로 온 거요?"

너는 미소 짓는다. "무슨 선발대 말씀인가요, 선생님?" 네가 묻는다.

"위원회 말이오, 지나치게 동정심이 많은 사회의 위원회." 그가 말한다.

"아닙니다, 선생님." 너는 말한다. "전 이 학교에 다녔어요.

그냥 둘러보고 인사를 하고 싶어서요." 너는 그에게 이름을 말한다.

그는 좀 놀란 것 같다. 눈을 여러 번 껌벅이더니 일어서서 너를 반갑게 맞이한다. "졸업생을 환영하는 데 좀 머뭇거린 것에 대해 이해해주게." 그가 말한다. "요즘에는 다시 학교를 찾는 학생이 그리 많지 않다네." 그는 소년을 돌아본다. "에런," 그가 말한다. "지하실로 내려가서 네 아버지를 도와줄 게 있는지 찾아보렴. 위원회가 오거든 아버지와 함께 그들을 데리고 올라와."

"네, 선생님." 에런이 공손하게 대답하고 떠난다.

카슬로우 씨는 에런이 말소리를 들을 수 없을 만큼 멀어질 때까지 기다린 다음 네게 말한다. "그들이 이 마을을 점령한 이래 돌아온 졸업생은 많지 않지."

"누가요?" 너는 말한다.

"예전 전쟁 포로들." 그가 말한다. "지금 이곳에 있는 학생들은 모두 그 로봇의 아이들이야. 백 퍼센트라네."

"다, 다른 아이들과 다른 게 있나요?" 네가 묻는다.

"아니." 카슬로우가 말한다. 그는 쓰디쓴 미소를 짓는다. "아이들 부모에게는 불행한 일이지만, 그렇지 않다네." 그가 시계를 본다. "위원회가 오늘밤 그 문제로 나를 보러 오는 거지. 늦는군. 위원회가 무언가를 시간에 딱딱 맞춰서 하는 건 수학적으로 불가능하다는 사실을 이제 알겠어."

네가 카슬로우 씨에게 외견상으로는 관련이 없어 보이는 수수께끼들, 즉 위원회와 청원서, 포스터, 예전 전쟁 포로들의 모임, 곤경에 처한 소년, 인더스트리얼 공원, 제대 배지 달기에 대해 물어보니 그가 그 모든 게 전부 하나라고 대답한다.

그 일체성에 대해 설명하던 선량한 카슬로우는 그 소년, 경비원의 아들이라는 에런의 이야기까지밖에 하지 못한다. "에런이었네." 그가 말한다. "밖에 있는 새 표지판을 훼손하고 로봇빌이라고 쓴 사람 말일세." 그는 슬픈 미소를 짓는다. "8백 달러짜리 표지판이지." 그가 말한다. "세금으로 만든 걸세. 그리고 이제 튼튼한 팔목과 15센트짜리 드라이버를 지닌 한 아이가, 시장과 위원회가 듣고 싶어하지 않는 바로 그 말을 써놓은 거라네."

그러고 나서 시장과 위원회가 도착한다.

*

정문 아래쪽 사슬이 철거덩거린다. 경비원이 사슬을 풀면서 큰 소리로 인사를 건넨다. 친구들이 이곳에 오자 그는 전혀 딴 사람처럼 수다스럽고 명랑하다. 문이 열리자 제14호 학교는 젠체하는 웅성거림과 걸을 때마다 서로에게 축하말을 건네는 위원들의 헛기침 소리로 가득찬다.

수행단 중 누군가는 환영의 말을 좀더 해야 한다고 생각하는 것 같다. "영광스럽게도 시장님이 여기 오셨군요!" 그가 소리친다.

"자아, 스탠." 매끄러운 중저음은 시장의 목소리가 분명하다. "시장이 프랑스 여왕이라도 되는 것처럼 굴지 맙시다."

"이 소년인가요?" 여자의 목소리가 들린다. 만약 그렇다는 대답이 나오면 금방이라도 울음을 터뜨릴 것 같다.

그 여자는 운다, 혹은 우는 소리를 낸다. 너는 지금 그녀가 포옹을 해서 소년이 당황스러워할 거라고 생각한다. "넌 표지판에 쓴 단어가 무엇인지 몰랐을 거야, 그렇지?" 여자는 말한다. 그녀가 소년 대신 대답한다. "물론이야, 너는 몰랐을 거야!"

다른 목소리들은 소년이 그 끔찍한 단어의 의미를 완전히 알 만큼 사악할 리 없다는 데 동의한다.

이제 사람들은 계단을 올라 카슬로우의 사무실로 간다.

카슬로우는 다시 책상에 앉아 네가 찾아왔을 때의 모습, 근엄하게 증명서에 서명을 하는 모습으로 그들을 맞이한다. 그는 네 위치가 어정쩡하다는 사실을 깨닫는다. 그는 네가 그곳에 머무르길 바란다. "자네는 내 변호사인 척하게." 그는 진심이다. "그러면 저들은 분명 화들짝 놀랄 걸세. 일이 육 개월이나 지연되겠지." 그가 낄낄거리며 웃는다. "학부모라도 된 것처럼 법적 권리를 주장하는 초등학교 교장을 상상해보게나!"

너는 우쭐한다. 그리고 네 안의 아마추어 배우가 네가 변호사 역할을 놀라울 정도로 잘할지도 모른다고 속삭인다.

시장이 문가에 모습을 드러내고 그 뒤로 행렬이 따라온다. 그는 어린 에런의 손을 잡고 있다. 시장은 소년 같다. 피부색은 발그레하고 몸은 통통하며 잘 차려입었다. 그에게는 약자를 괴롭히는 사람 특유의 분위기가 있다. 그러니까, 그토록 많은 사람들이 그의 뜻을 거스르지 않으려고 애쓰고 있다는 이유로 자신이 매력적이라고 생각한다는 말이다.

그는 잠시 너를 살펴보더니 네 이름을 불러 너를 깜짝 놀라게 한다. 너는 정말로 그를 안다. 두 사람은 제14호 학교에서 같은 반이었다. 명예로운 할랜 잭 시장님은 해피 잭이라 불리던 소년이었다. 너는 해피 잭이라는 이름의 소년을 자신의 끝없는 욕심에 고귀한 해석을 붙이는 재주가 비상한 친구로 기억한다. 너는 바로 그 잭 시장이라는 남자가 어린 에런의 목을 주무르며 소년의 생기 넘치는 마음을 흐려놓으려 최선을 다하고 있다는 것을 눈치챈다.

"내 변호사라네." 카슬로우 씨가 너를 소개한다.

그의 예측은 정확하다. 위원회는 그가 법률 자문을 둔 것을 보고 당황한다.

"이제 그에게 변호사가 있어!" 에런을 보고 울음을 터뜨린 그 여자가 소리친다. 그녀는 마치 카슬로우 씨가 총이라도 빼어든 것처럼 말한다. 너는 잭 시장의 어깨 너머로 그 여자를 흘깃 본다. 그녀는 거북이처럼 생긴 얼굴에 금속테 안경을 쓰고 까칠까

칠한 트위드 코트를 입고 있다.

더이상 소수자로서 고통받지 않는 소수자의 고통으로 비장한 흑인 목사의 머리가 불쑥 들어온다. "이건 변호사가 해결할 문제가 아니오." 그가 말한다. "하느님이 해결할 문제라오."

"맞습니다!" 잭 시장이 열을 내며 말한다. 그는 짧고 튼실한 다리로 카슬로우의 책상까지 걸어오면서, 너의 가상 의뢰인으로부터 너를 떼어놓으며 노려본다. "우리는 세부적인 법률조항을 가지고 부산을 떨려고 이곳에 온 게 아니오." 그가 말한다. "8백 달러짜리 표지판이 훼손되었다고 울고불고 난리치려고 온 것도 아니오! 우리가 여기에 온 이유는 표지판 사태가 무엇의 징후인지에 대해 말하기 위해서요! 제14호 학교 주변에서는 부모의 권위가 완전히 무너졌소. 그리고 우리는 우리가 할 수 있는 일을 하기 위해 이 자리에 있는 거요." 잭 시장이 강하게 말한다. "가족들이 다시 하나가 될 수 있게 말이오."

잭 시장은 예전 전쟁 포로의 친구 위원회 지부 회원들에게 들어오라고 지시한다. 그러자 카슬로우 씨가 '지나치게 동정심이 많은 사회'라 부르던 사람들이 들어온다. 네가 터져나오는 웃음을 애써 참는다. 그들을 함께 모아두는 것은 동정심이 지나치게 많은 모든 사회에 대한, 태초부터 존재하던 적나라한 풍자이다. 너는 머릿속을 들쑤시며 적절한 표현을 찾아낸다. 살아 있는 동상들을 떠올렸다가 이내 지운다. 여기 있는 엄숙한 사람들은 동상처럼 솔직하지 않다. 그런 다음 너는 제대로 된 걸 찾아낸다. 그들은 스스로 살아 있는 레터헤드*처럼 행동한다. 그들은 이 마을의 모든 점잖은 요소들을 대표하고, 그런 요소들을 너무 생생하게 보여준 나머지 마치 시대극에 나오는 사람들 같다.

달라도 너무 다른 그들의 차이점들을 감상한 뒤, 이제 너는 공통점을 찾는다. 너는 세 가지를 발견한다. 최소한 중산층이고, 고결한 감정에 이끌리기를 열정적으로 바라며, 약자에게 차별 없는 연민을 지니는데, 그 연민은 분명 온 우주만큼이나 크다.

무엇보다, 그들의 마음은 진심이다.

그중 열 명이 사무실로 몰려들고, 시가를 질겅거리는 시장 보좌관과 경비원, 마지막으로 어떤 그룹이나 심지어 이 마을에도 속하지 않은 한 남자가 따라 들어온다. 그는 늘씬하고 우아하며, 우월하고 예리하다. 그의 콧구멍이 학교에서 나는 냄새가 나쁘다는 걸 보여준다. 그의 외모와 비교하면 시장은 미련퉁이 호박 같다.

카슬로우 씨는 대화를 나눌 만한 유일한 사람으로 그 남자를 선택한다. "저 뒤쪽에 있는 신사는 처음 뵙는 것 같소만." 카슬로우가 말한다.

"그저 관찰자일 뿐입니다." 그 남자가 겸손하게 말한다.

---

* 편지지 윗부분에 인쇄된 발신인 또는 회사명, 주소.

"저분을 소개해주겠소?" 카슬로우가 시장에게 말한다.

"지금은 저 신사의 이름을 밝힐 수 없습니다." 시장이 말한다. 그는 방금 한 말에 만족하며 자신이 현재 상황에 우아하게 대처했다고 생각한다.

그 남자는 시장이 이 상황에 바보처럼 대처했다 생각한다. "앤설 B. 라이볼트입니다만," 그가 무뚝뚝하게 말한다. "비밀은 없습니다."

"당신은 교육자인가요, 라이볼트 씨?" 카슬로우가 묻는다. "그래서 관찰하러 온 건가요?"

잭 시장은 상황을 역전시켜보려 했으나 오히려 정반대로 행동하는 실수를 저지르며 그 남자에 대해 너무 많은 것들을 발설한다. "그는 제조업자입니다." 그가 말한다. "인더스트리얼 공원에 상당 규모의 공장을 짓는 것에 대해 심사숙고중이라는 걸 감히 말씀드릴 수 있습니다."

카슬로우가 손뼉을 쳤다. "아하!" 그가 말한다. "이제 모든 것이 분명해졌군!" 그는 너를 향해 고개를 끄덕인다. "이제 우리는 라이볼트 씨가 관찰하려고 온 것이 무엇인지 정확히 알게 되었소."

라이볼트는 시장의 실수에 진저리를 치며 성큼성큼 그곳을 빠져나가려 한다. 그러나 경비원이 문을 막아선다.

"정말로 이곳에 공장을 지을 생각입니까?" 경비원이 말한다.

“나는 어떤 약속도 한 적 없소.” 라이볼트는 슬쩍 빠져나가고 싶어하며 말한다.

“후회하지 않을 겁니다!” 경비원이 말한다. 그는 새로운 공장을 너무나 기다린 나머지 목소리까지 거칠어졌다. “나는 당신을 위해 미친듯이 일할 거요!” 그가 말한다. 그는 전쟁 동안 로봇으로서 성취했던 훌륭한 업적들에 대해 정신없이 늘어놓는다.

앤설 B. 라이볼트는 기가 막히다는 표정을 짓는다. 시장이나 누군가가 이 피조물을 그에게서 떼어내주길 바란다.

“나는 지금의 모습으로는 쓸모가 없소.” 경비원이 라이볼트에게 말한다. “하지만 당신이 무선으로 나를 조종하면 나는 열 사람 몫의 일을 거뜬히 해내고 한 사람 몫의 돈만 받을 겁니다!”

“지금은 그런 것을 논의할 때가 아니지.” 잭 시장이 말한다. “이제 입을 다물면 좋겠는걸.”

경비원은 조용해진다. 라이볼트는

커트 보니것 연보

1922년 미국 인디애나 주 인디애나폴리스에서 독일계 이민자 커트 보니것 시니어와 이디스 보니것 사이의 3남매 중 막내로 태어남. 본명은 커트 보니것 주니어.

1940년 코넬 대학에 입학해 생화학을 공부함. 〈코넬 데일리 선〉 편집을 맡음.

1942년 재학중에 미 육군에 입대함. 카네기 공과대학과 테네시 대학에서 기계공학을 배움.

1943년 제2차세계대전에 징집되어 전쟁에 나감.

1944년 어머니 이디스가 자살함. 12월, 독일군에게 포로로 잡혀 드레스덴으로 끌려감.

1945년 드레스덴 폭격에서 운좋게 살아남았고, 폭격에 분노한 독일인 생존자들에게 구타당하기도 함. 이 경험은 이후 『제5도살장*Slaughterhouse-Five*』의 소재가 됨. 송환 후 소꿉친구인 제인 마리 콕스와 결혼함. 시카고 대학 대학원에서 인류학을 공부함.

1946년 시카고 대학에서 논문이 통과되지 않아 학위를 받지 못함.

1947년 아들 마크 출생. 뉴욕 주 스케넥터디에서 제너럴 일렉트릭 사의 홍보 담당자로 일함.

1949년 큰딸 이디스 출생.

1950년 첫 단편 「반하우스 효과에 대한 보고서*Report on the Barn-house Effect*」를 비롯, 단편 몇 편을 지면에 발표함.

1951년 제너럴 일렉트릭 사를 그만두고 매사추세츠 주로 이사함.

1952년 『자동 피아노*Player Piano*』 출간.

1954년 작은딸 나넷 출생. 고등학교 영어 교사, 광고기획사 카피라이터, 자동차 영업사원 등의 일을 전전함.

1957년 아버지 커트 보니것 시니어 사망.

1958년 매형이 열차 사고로 사망하고 그 직후 누나마저 병으로 죽자, 누나의 세 아이를 양자로 들임.

1959년 『타이탄의 미녀*The Sirens of Titan*』 출간.

1961년 『마더 나이트*Mother Night*』 『고양이 집의 카나리아*Canary in a Cathouse*』 출간.

1963년 『고양이 요람*Cat's Cradle*』 출간.

1965년 『신의 축복이 있기를, 로즈워터 씨*God Bless You, Mr. Rose-water*』 출간.

1967년 드레스덴을 방문함.

1968년 『몽키하우스에 어서 오세요*Welcome to the Monkey House*』 출간.

1969년 『제5도살장』 출간.

1970년 하버드 대학에서 문예창작 강의를 함. 희곡 〈생일 축하해, 완다 준*Happy Birthday, Wanda June*〉이 공연됨.

1971년 시카고 대학에서 『고양이 요람』을 논문으로 인정받아 뒤늦게 석사 학위를 받음. 제인과 별거하고 뉴욕으로 이사함. 이후 뉴욕에서 사진작가이자 아동소설가인 질 크레멘츠를 만남.

1972년 미국 PEN 부회장에 선출됨. 『제5도살장』이 영화화되어 그해 칸 국제영화제 심사위원상, 이듬해 휴고상 드라마틱 프리젠테이션 부문 수상.

1973년 전미예술가협회 회원으로 선출됨. 뉴욕 시립대 영문학 석좌교수가 됨. 인디애나 대학에서 명예박사 학위를 받음. 『챔피언들의 아침식사*Breakfast of Champions*』 출간.

1974년 에세이, 여행기 등을 모은 『웜피터, 포마 그리고 그랜펄룬*Wampeters, Foma and Granfalloons*』 출간.

1976년 『슬랩스틱*Slapstick*』 출간. 이때부터 주니어를 빼고 커트 보니것이라는 이름으로 책을 출간함.

1979년 『제일버드*Jailbird*』 출간. 제인 마리 콕스와 정식으로 이혼하고 질과 결혼함.

1980년 그림책 『해 달 별*Sun Moon Star*』 출간.

1981년 연설문, 에세이 등을 모은 『종려주일*Palm Sunday*』 출간.

1982년 『데드아이 딕*Deadeye Dick*』 출간.

1984년 자살을 시도했으나 실패함.

1985년 『갈라파고스*Galápagos*』 출간.

1987년 『푸른 수염*Bluebeard*』 출간.

1990년 『호커스 포커스*Hocus Pocus*』 출간.

1991년 에세이 『죽음보다 나쁜 운명*Fates Worse Than Death*』 출간.

1996년 『마더 나이트』가 영화화됨. 영화에 커트 보니것 본인도 카메오로 등장함.

1997년 『타임퀘이크*Timequake*』 출간. 소설가로서 은퇴를 선언함.

1998년 『챔피언들의 아침식사』가 영화화됨.

1999년 미출간 단편들을 모은 단편집 『배곰보 코담뱃갑*Bagombo Snuff Box*』, 가상 인터뷰를 모은 『신의 축복이 있기를, 닥터 키보키언*God Bless You, Dr. Kevorkian*』 출간.

2000년 집에 화재가 나 병원 치료를 받음. 뉴욕 주 작가로 지명됨.

2005년 에세이 『나라 없는 사람*A Man Without a Country*』 출간.

2007년 맨해튼 자택 계단에서 굴러떨어져 머리에 큰 상처를 입고 입원, 몇 주 후 사망함.

2008년 미발표 유고집 『아마겟돈을 회상하며*Armageddon in Retrospect*』 출간.

2009년 미발표 단편집 『카메라를 보세요*Look at the Birdie*』 출간.

2011년 미발표 단편집 『세상이 잠든 동안*While Mortals Sleep*』 출간.

2012년 미발표 유고집 『멍청이의 포트폴리오*Sucker's Portfolio*』 출간.

2013년 졸업식 연설문 모음 『그래, 이 맛에 사는 거지*If This Isn't Nice, What Is?*』 출간.

지은이 **커트 보니것**
미국 최고의 풍자가이자 소설가, 에세이스트. 1922년 11월 11일 인디애나폴리스에서 태어났고, 2007년 4월 11일 세상을 떠났다. 1952년 첫 장편 『자동 피아노』를 출간한 후 『신의 축복이 있기를, 로즈워터 씨』 『마더 나이트』 『고양이 요람』 『제5도살장』 『타이탄의 미녀』 『갈라파고스』 등의 소설과 풍자적 산문집 『신의 축복이 있기를, 닥터 키보키언』을 발표했다. 1997년 『타임퀘이크』 발표 이후 소설가로서 은퇴를 선언했고, 회고록 『나라 없는 사람』을 남겼다.

옮긴이 **이영욱**
이화여자대학교 경영학과를 졸업하고 호주 맥쿼리 대학교 언어학부 통역 석사 및 박사 학위를 받았다. 현재 고려대학교 외국어센터 KU-MU(맥쿼리 대학교 연계) 통번역 석사 과정에서 번역 강사로 일하고 있다. 옮긴 책으로는 『그녀』 『젊은 예술가의 초상』 『우주전쟁』 『바이블 잉글리쉬』 등 다수가 있다.

문학동네 세계문학
멍청이의 포트폴리오

1판 1쇄 2017년 3월 27일 | 1판 2쇄 2018년 3월 30일

지은이 커트 보니것 | 옮긴이 이영욱 | 펴낸이 염현숙
책임편집 정혜림 | 편집 이현정 홍유진 | 독자모니터 구소영 임정호
디자인 엄자영 이원경 | 저작권 한문숙 김지영
마케팅 정민호 정진아 함유지 김혜연 강하린 | 홍보 김희숙 김상만 이천희
제작 강신은 김동욱 임현식 | 제작처 영신사

펴낸곳 (주)문학동네
출판등록 1993년 10월 22일 제406-2003-000045호
주소 10881 경기도 파주시 회동길 210
전자우편 editor@munhak.com | 대표전화 031) 955-8888 | 팩스 031) 955-8855
문의전화 031) 955-3576(마케팅) 031) 955-8861(편집)
문학동네카페 http://cafe.naver.com/mhdn | 트위터 @munhakdongne

ISBN 978-89-546-4491-4 03840

www.munhak.com

"세상에서 가장 웃기고 시니컬한 유머 작가"

커트 보니것

Kurt Vonnegut Jr.

나라 없는 사람 **김한영** 옮김

블랙유머의 대가이자 마크 트웨인을 계승하는 우리 시대의 위대한 유머리스트 커트 보니것, 그가 남긴 마지막 작품. 특유의 유쾌한 입담과 날카로운 필치, 진심이 담긴 회고록으로 인생과 예술, 성과 정치, 현대 미국의 정신을 그려낸다.

마더 나이트 **김한영** 옮김

시종일관 팡팡 터지는 보니것 특유의 풍자와 블랙유머 폭탄! 2차대전 당시 나치의 라디오 선전원으로 가장한 미합중국 첩보원 하워드 W. 캠벨 2세의 고백록 형식으로 쓰인 소설로 전쟁이 빚어낸 인간의 위선과 오만, 야만과 광기를 유쾌하게 파헤친다.

신의 축복이 있기를, 로즈워터 씨 **김한영** 옮김

국내에 처음 번역 소개된 커트 보니것 소설! 모든 것이 자동화된 시대, 인간의 노동이 하찮아진 시대, 돈이 곧 권력인 시대에 인간의 고귀함을 탐구하고자 나선 주정뱅이 백만장자 로즈워터의 유쾌한 모험담.